ナゾノベル

オカルト研《けん》究《きゅう》会《かい》と幽《ゆう》霊《れい》トンネル

オカルト研究会《けんきゅうかい》シリーズ2

著 緑川聖司
絵 水輿ゆい

朝日新聞出版

OCCULT RESEARCH SOCIETY AND
GHOST IN THE TUNNEL

CONTENTS

前《ぜん》回《かい》のあらすじ

隠《おん》明《めい》学《がく》園《えん》中《ちゅう》等《とう》部《ぶ》一年《ねん》生《せい》の霧《きり》島《しま》亜《あ》希《き》は、幽《ゆう》霊《れい》屋《や》敷《しき》へ肝《きも》試《だめ》しに行《い》って呪《のろ》われてしまう。呪《のろ》いを解《と》くためにオカルト研《けん》究《きゅう》会《かい》に相《そう》談《だん》するが、高《こう》額《がく》な依《い》頼《らい》料《りょう》を割《わ》り引《ひ》いてもらうために、自《じ》分《ぶん》も入《にゅう》会《かい》するはめに。そして、オカルト研《けん》究《きゅう》会《かい》会《かい》長《ちょう》の天《てん》堂《どう》恭《きょう》介《すけ》とともに、幽《ゆう》霊《れい》屋《や》敷《しき》の呪《のろ》いの真《しん》相《そう》にたどり着《つ》く。

CHARACTER

霧島《きりしま》亜希《あき》

隠明学園中等部《おんめいがくえんちゅうとうぶ》一年生《ねんせい》。オカルト研究会《けんきゅうかい》の会員《かいいん》。幽霊屋敷《ゆうれいやしき》で心霊現象《しんれいげんしょう》を経験《けいけん》したことで、霊感《れいかん》に目覚《めざ》めてしまう。会長《かいちょう》の天堂《てんどう》とともに町《まち》で起《お》きるさまざまな怪異《かいい》の謎《なぞ》に挑《いど》む。

天堂《てんどう》恭介《きょうすけ》

隠明学園高等部《おんめいがくえんちゅうとうぶ》一年生《ねんせい》。オカルト研究会《けんきゅうかい》の会長《かいちょう》。体《からだ》も態度《たいど》も大《おお》きい。強《つよ》い霊感《れいかん》を持《も》ち、オカルト現象《げんしょう》やそれによって起《お》きる事件《じけん》の謎《なぞ》を解《と》くことに熱意《ねつい》を燃《も》やしている。

門宮《かどみや》悟《さとる》

隠明学園高等部《おんめいがくえんこうとうぶ》二年生《ねんせい》。隠明学園《おんめいがくえん》の生徒会長《せいとかいちょう》。天堂《てんどう》の親戚《しんせき》。

神野《かみの》静流《しずる》

隠明学園高等部《おんめいがくえんこうとうぶ》一年生《ねんせい》。オカルト研究会員《けんきゅうかいいん》。天堂《てんどう》の幼《おさな》なじみ。

成瀬《なるせ》

刑事《けいじ》。心霊現象《しんれいげんしょう》にかかわる事件《じけん》の捜査《そうさ》や後始末《あとしまつ》をするために置《お》かれた部署《ぶしょ》の唯一《ゆいいつ》の担当者《たんとうしゃ》。霊能力《れいのうりょく》はないが、勘《かん》はするどいらしい。

プロローグ

高速道路《こうそくどうろ》の入《い》り口《ぐち》の手前《てまえ》で、交差点《こうさてん》を左折《させつ》して旧道《きゅうどう》に入《はい》ると、車《くるま》の数《かず》が一気《いっき》に少《すく》なくなった。

「急《きゅう》にさみしくなりましたね」

ぼくが後部座席《こうぶざせき》から、身《み》を乗《の》り出《だ》すようにしていうと、

「バイパスができてから、旧道《きゅうどう》を通《とお》るやつなんて、ほとんどいなくなったからな」

運転席《うんてんせき》の島田先輩《しまだせんぱい》は、笑《わら》ってアクセルを踏《ふ》み込《こ》んだ。

「なんだか、本格的《ほんかくてき》に肝試《きもだめ》しっぽくなってきましたね」

助手席《じょしゅせき》の美咲《みさき》ちゃんが、はしゃいだ様子《ようす》でいった。

美咲《みさき》ちゃんの後《うし》ろに座《すわ》っている橋本《はしもと》は、緊張《きんちょう》した表情《ひょうじょう》で、なにもいわずに窓《まど》の外《そと》をながめている。

時刻《じこく》はもうすぐ午前零時《ごぜんれいじ》。

さっきまで、かすかに夜空《よぞら》を照《て》らしていた白《しろ》い月《つき》も、いまは雲《くも》に隠《かく》れていた。

街灯《がいとう》も少《すく》ないので、ヘッドライトの明《あ》かりがなければ真《ま》っ暗《くら》だろう。

ぼくは不安《ふあん》と期待《きたい》をこめて、フロントガラスの向《む》こうに近《ちか》づいてくる暗《くら》い山道《さんどう》を見《み》つめた。

ぼくが幽霊《ゆうれい》トンネルの噂《うわさ》を初《はじ》めて聞《き》いたのは、いまからほんの数時間前《すうじかんまえ》、大学《だいがく》の映画研《えいがけん》究《きゅう》サークルで開《ひら》かれた飲《の》み会《かい》の席《せき》のことだった。

飲《の》み会《かい》といっても、ぼくは一年生《ねんせい》なので、ウーロン茶《ちゃ》を飲《の》みながら、ひたすらご飯《はん》を食《た》べていると、たまたまとなりに座《すわ》った、美咲《みさき》ちゃんという、同《おな》じく新入生《しんにゅうせい》の女《おんな》の子《こ》が教《おし》えてくれたのだ。

美咲《みさき》ちゃんによると、大学《だいがく》の近《ちか》くにある名越峠《なごしとうげ》の〈名越第二《なごしだい》トンネル〉が、通称《つうしょう》〈幽霊《ゆうれい》トンネル〉と呼《よ》ばれていて、午前零時《ごぜんれいじ》にクラクションを三回《かい》鳴《な》らしてからトンネルに入《はい》ると、幽霊《ゆうれい》が出《で》るといわれているらしい。

「美咲《みさき》ちゃんは、そのトンネルに行《い》ったことあるの?」

ぼくの問《と》いに、美咲《みさき》ちゃんは残念《ざんねん》そうに首《くび》を振《ふ》った。

「それが、まだないの。一回《かい》、行《い》ってみたいんだけどなあ」

ぼくたちがそんな会話《かいわ》をしていると、

「だったら、いまから連《つ》れていってやろうか？」

後《うし》ろのテーブルで、ほかの新入生《しんにゅうせい》の女《おんな》の子《こ》に話《はな》しかけていた島田先輩《しまだせんぱい》が、とつぜんぼくと美咲《みさき》ちゃんの間《あいだ》に割《わ》り込《こ》んできた。

「先輩《せんぱい》、免許《めんきょ》持《も》ってるんですか？」

ぼくが聞《き》くと、

「おう、持《も》ってるぞ。今日《きょう》も車《くるま》で来《き》てるんだ」

先輩《せんぱい》はそういって、ウーロン茶《ちゃ》のグラスをかかげた。

そして、頼《たの》んでもないのに、交付日《こうふび》が四月初《がつはじ》めの免許証《めんきょしょう》を見《み》せてくれた。

いまが九月半《がつなか》ばなので、まだ半年《はんとし》もたっていない。

島田先輩《しまだせんぱい》は、ぼくたちよりも二年先輩《ねんせんぱい》の三年生《ねんせい》だ。もともとバイクの免許《めんきょ》は持《も》っていたけど、この春《はる》に車《くるま》の免許《めんきょ》をとって、親《おや》におさがりの車《くるま》をもらったので、とにかくどこでもいいから誰《だれ》かを乗《の》せて運転《うんてん》したいらしい。

幽霊《ゆうれい》が出《で》るという午前零時《ごぜんれいじ》までは、まだ時間《じかん》があるから、二次会《じかい》が終《お》わったら、もう一度《いちど》集合《しゅうごう》して出発《しゅっぱつ》しよう——ぼくたちが、そんな相談《そうだん》をしていると、

「あの……ぼくもいっしょに連《つ》れていってもらえませんか？」

テーブルの斜《なな》め向《む》かいで、黙《だま》ってコーラを飲《の》んでいた新入生《しんにゅうせい》の橋本《はしもと》が、声《こえ》をかけてきた。

あまりほかの部員《ぶいん》と話《はな》すところを見《み》たことがなかったので、意外《いがい》だなと思《おも》っていると、

「もちろんいいぞ」

先輩《せんぱい》が上機嫌《じょうきげん》でうなずいた。

そんなわけで、ぼくたちは四人《にん》で、心霊《しんれい》スポットに向《む》かうことになったのだ。

「えっと……クラクションを三回鳴《かいな》らしてから、トンネルに入《はい》ればいいんだよな？」

片側《かたがわ》一車線《しゃせん》のカーブの多《おお》い山道《さんどう》を、けっこうなスピードで走《はし》りながら、先輩《せんぱい》がおさらいするようにいった。

「はい、そうです」

美咲《みさき》ちゃんが生真面目《きまじめ》にうなずく。

美咲《みさき》ちゃんの話《はなし》によると、そのトンネルではいまから三十年《ねん》くらい前《まえ》に、大規模《だいきぼ》な玉突《たまつ》き事故《じこ》が起《お》きたのだそうだ。

事故《じこ》が起《お》きたのは、午前零時《ごぜんれいじ》。

夜行《やこう》バスにトラックが突《つ》っ込《こ》んで炎上《えんじょう》し、トンネルの中《なか》で煙《けむり》に巻《ま》かれて、数十人《すうにん》が亡《な》く

なった。

それ以来《いらい》、このトンネルを午前零時《ごぜんれいじ》に車《くるま》で通《とお》ると、亡《な》くなった人《ひと》たちの恨《うら》めしそうな顔《かお》が、窓《まど》ガラスにあらわれるらしい。

「でも、どうしてクラクションを鳴《な》らしたら出《で》てくるんだろう」

「事故《じこ》の直前《ちょくぜん》に、トラックがクラクションを三回《かい》鳴《な》らしたから、それで霊《れい》が呼《よ》び出《だ》されるっていわれてるみたい」

ぼくの疑問《ぎもん》に、美咲《みさき》ちゃんがこたえる。

「それにしても、すいてるな」

先輩《せんぱい》はそういって、大《おお》きなあくびをした。

「ちょっと、先輩《せんぱい》。居眠《いねむ》り運転《うんてん》はやめてくださいよ」

ぼくは慌《あわ》てて声《こえ》をかけた。

幽霊《ゆうれい》を見《み》に行《い》って、自分《じぶん》が幽霊《ゆうれい》になるなんて、しゃれにもならない。

「心配《しんぱい》すんな」

先輩《せんぱい》はバックミラー越《ご》しにぼくを見《み》て、にやりと笑《わら》った。

「この道《みち》は、車《くるま》で来《く》るのは初《はじ》めてだけど、昔《むかし》、バイクで何度《なんど》も通《とお》ったことがあるからな」

「――そういえば、この峠《とうげ》って、首無《くびな》しライダーの噂《うわさ》もありましたよね」

ずっと無言《むごん》だった橋本《はしもと》が、窓《まど》の外《そと》に目《め》を向《む》けたまま、とうとつに口《くち》を開《ひら》いた。

「首無《くびな》しライダー？」

美咲《みさき》ちゃんが反応《はんのう》して振《ふ》り返《かえ》る。

「なに、それ」

「名前《なまえ》の通《とお》り、首《くび》のないライダーなんだけど……」

橋本《はしもと》はぼそぼそとした口調《くちょう》で語《かた》り始《はじ》めた。

「ある走《はし》り屋《や》のチームが、対立《たいりつ》してるチームのリーダーを怪我《けが》させようと、道路《どうろ》に黒《くろ》く塗《ぬ》ったピアノ線《せん》を張《は》ったんだ。

バイクにひっかけて、転倒《てんとう》させるだけのつもりだったんだけど、どういうわけか、ピアノ線《せん》の位置《いち》が高《たか》すぎて、首《くび》が切《き》れてしまった。

それ以来《いらい》、この峠《とうげ》をバイクで走《はし》っていると、後《うし》ろから首《くび》のないライダーが追《お》いかけてきて、追《お》いつかれたバイクは必《かなら》ず事故《じこ》を起《お》こすんだって」

橋本《はしもと》の話《はなし》は、単調《たんちょう》な話《はな》し方《かた》のせいか、あまり怖《こわ》くなかった。

「へーえ、聞《き》いたことないな」

先輩《せんぱい》も、気《き》のない口調《くちょう》でいいながら、ハンドルを回《まわ》してカーブを曲《ま》がった。

「わたし、似《に》た話《はなし》なら知《し》ってるよ」

美咲《みさき》ちゃんが、場《ば》の雰囲気《ふんいき》にそぐわない、明《あか》るい口調《くちょう》で話《はな》し出《だ》した。

「あるカップルが、この峠《とうげ》でツーリングをしていたの。彼氏《かれし》がバイクを運転《うんてん》して、彼女《かのじょ》が後《うし》ろに乗《の》ってたんだけど、カーブを曲《ま》がったところで、とつぜん目《め》の前《まえ》に、大《おお》きく折《お》れ曲《ま》がった標識《ひょうしき》があらわれたんだって。

彼氏《かれし》はとっさに避《よ》けたんだけど、後《うし》ろに乗《の》っていた彼女《かのじょ》は反応《はんのう》が遅《おく》れて、標識《ひょうしき》で首《くび》がスパッと切《き》れちゃったの。

バイクを停《と》めて、彼氏《かれし》が道路《どうろ》に転《ころ》がった彼女《かのじょ》のヘルメットを拾《ひろ》い上《あ》げると、彼女《かのじょ》の首《くび》がカッと目《め》を見開《みひら》いて、こういったそうよ。

『わたし、死《し》んじゃったの？』」

美咲《みさき》ちゃんは、最後《さいご》の台詞《せりふ》をささやくようにいったので、ぼくは背筋《せすじ》がぞくっとした。

「それ、まじか？」

先輩《せんぱい》が少《すこ》し顔《かお》をひきつらせながら聞《き》いた。

「さあ……」

美咲《みさき》ちゃんは首《くび》をかしげた。

「わたしも高校《こうこう》のときに、友《とも》だちから聞《き》いただけだから……」

「その女《おんな》の子《こ》、どうなったのかな」

橋本《はしもと》がボソッとつぶやいた。

「死《し》んだに決《き》まってるだろ。首《くび》がちょん切《ぎ》れてるんだぞ」

ぼくがとなりで苦笑《くしょう》しながらつっこんだとき、

「お、見《み》えてきたぞ」

ぼくたちの会話《かいわ》をさえぎるように、先輩《せんぱい》が大《おお》きな声《こえ》でいった。

ゆるいカーブの向《む》こうに、トンネルの入《い》り口《ぐち》が見《み》えてくる。

車《くるま》はスピードを落《お》として、トンネルの手前《てまえ》で路肩《ろかた》に停車《ていしゃ》した。

ヘッドライトの明《あ》かりに、〈名越第二《なごしだいに》トンネル〉と書《か》かれたプレートが光《ひか》っている。

零時《れいじ》までは、あと三分《ぷん》。

山道《さんどう》に入《はい》ってからは、後続車《こうぞくしゃ》も、すれ違《ちが》う車《くるま》もまったく見《み》ていない。

やがて、無言《むごん》のまま三分《ぷん》が過《す》ぎ、

「よし、行《い》くぞ」

先輩《せんぱい》が、わずかにかすれた声《こえ》をあげて、クラクションを鳴《な》らした。

プッ、プッ、プ――――ッ！


三回目《かいめ》のクラクションが鳴《な》りやんでから、車《くるま》はゆっくりと走《はし》り出《だ》した。

トンネルは、左《ひだり》にゆるやかにカーブしていた。

最近《さいきん》ではあまり見《み》ない、オレンジ色《いろ》の灯《あか》りがトンネルの中《なか》を照《て》らしている。

ところどころ、チカチカと点滅《てんめつ》しているところを見《み》ると、ろくに交換《こうかん》もされていないのだろう。

プレートには、トンネルの全長《ぜんちょう》は千二百メートルと書《か》いていた。

相変《あいか》わらず、ほかの車《くるま》は見《み》えない。

ここに来《く》るまではリラックスしていた島田先輩《しまだせんぱい》も、緊張《きんちょう》した表情《ひょうじょう》で、じっと前方《ぜんぽう》を見《み》つめている。

トンネルを半分《はんぶん》ほど過《す》ぎたところで、

「ねえ、なんだか寒《さむ》くない？」

美咲《みさき》ちゃんがそういって、シャツから出《で》た腕《うで》をこすったとき、

ダダダダダダダダダダ！

とつぜん、車《くるま》の天井《てんじょう》が激《はげ》しく叩《たた》かれる音《おと》がした。

「うわっ！」

先輩《せんぱい》が悲鳴《ひめい》をあげて、車《くるま》がわずかに蛇行《だこう》する。
激《はげ》しい雨《あめ》が打《う》ちつけるような音《おと》だけど、トンネルの中《なか》に雨《あめ》が降《ふ》っているわけがない。
ぼくたちが車《くるま》の座席《ざせき》で身《み》を縮《ちぢ》めていると、

バンバンバンバンバンバン！

今度《こんど》は何者《なにもの》かが、窓《まど》ガラスを叩《たた》きだした。
白《しろ》い小《ちい》さな手形《てがた》が、ガラスにどんどんつけられていく。

「ひゃあっ！」

ぼくは裏返《うらがえ》った声《こえ》をあげた。

美咲《みさき》ちゃんは息《いき》をのみ、橋本《はしもと》は目《め》を大《おお》きく見開《みひら》いている。

「うわあー！」

完全《かんぜん》にパニックになった先輩《せんぱい》は、一気《いっき》にアクセルを踏《ふ》み込《こ》んだ。

車《くるま》のスピードがぐんぐんとあがる。

その間《あいだ》も、天井《てんじょう》と窓《まど》を叩《たた》く音《おと》は続《つづ》いていた。


ダダダダダダダ！

バンバンバンバン！


前方《ぜんぽう》に、トンネルの出口《でぐち》が見《み》えてくる。

車《くるま》は速度《そくど》を落《お》とすことなく、ロケットみたいな勢《いきお》いでトンネルを飛《と》び出《だ》した。

先輩《せんぱい》が運転席《うんてんせき》で、ふーっと大《おお》きく息《いき》を吐《は》き出《だ》して、ぼくたちもホッとした瞬間《しゅんかん》、プワ――――ン！

真《ま》っ白《しろ》な光《ひかり》とともに、ホーンの音《おと》が響《ひび》き渡《わた》った。

大《おお》きなダンプカーが、対向車線《たいこうしゃせん》から迫《せま》ってくる。

先輩《せんぱい》はヘッドライトのまぶしさに目《め》をそむけながら、ハンドルを大《おお》きく左《ひだり》に切《き》った。

急《きゅう》ハンドルに、車《くるま》の後輪《こうりん》がズズッと滑《すべ》る。

「きゃあっ！」

美咲《みさき》ちゃんが、シートベルトをにぎりしめて悲鳴《ひめい》をあげた。

先輩《せんぱい》が慌《あわ》ててハンドルを右《みぎ》に戻《もど》すと、今度《こんど》はタイヤが逆方向《ぎゃくほうこう》に滑《すべ》っていく。

ぼくは窓《まど》の上《うえ》のグリップを握《にぎ》って、かき回《まわ》されるような揺《ゆ》れに耐《た》えた。

しばらくして、なんとか運転《うんてん》が安定《あんてい》すると、先輩《せんぱい》は速度《そくど》を落《お》として、待避場《たいひば》のようなスペースに車《くるま》を停《と》めた。

エンジンを切《き》って、ようやく静《しず》かになった車内《しゃない》で、

「――なんだよ、あれは」

先輩《せんぱい》が不機嫌《ふきげん》な口調《くちょう》でつぶやいた。

「怖《こわ》かった……」

美咲《みさき》ちゃんが声《こえ》を震《ふる》わせる。

「ガチでしたね」

ぼくは先輩《せんぱい》にそういってから、となりの橋本《はしもと》を見《み》た。

橋本《はしもと》はこわばった表情《ひょうじょう》で、じっと前方《ぜんぽう》を見《み》つめていた。

美咲《みさき》ちゃんもぐったりとしていたので、とりあえず、先輩《せんぱい》とぼくだけで車《くるま》を降《お》りる。

そして、外《そと》から車体《しゃたい》を見《み》て、言葉《ことば》を失《うしな》った。

窓《まど》ガラスだけではなく、ドアやボンネットにも、白《しろ》い小《ちい》さな手形《てがた》がついているのが、街灯《がいとう》の明《あ》かりに浮《う》かび上《あ》がっていたのだ。

ぼくと先輩《せんぱい》が呆然《ぼうぜん》と立《た》ち尽《つ》くしていると、

「あの……」

車内《しゃない》に残《のこ》っていた橋本《はしもと》が、車《くるま》を降《お》りて、先輩《せんぱい》に声《こえ》をかけた。

「なんだ」

顔《かお》をしかめる先輩《せんぱい》に、

「ちょっと……」

橋本《はしもと》は小《ちい》さく手招《てまね》きして、助手席《じょしゅせき》の後《うし》ろ――橋本《はしもと》が座《すわ》っていたシートのそばまで、先輩《せんぱい》を呼《よ》び寄《よ》せると、

「これを見《み》てもらえますか」

といって、窓《まど》ガラスについた手形《てがた》のうちのひとつを指《ゆび》さした。

「これがどうかしたのかよ」

先輩《せんぱい》がいらだちをぶつけるようにいうと、橋本《はしもと》はドアを開《あ》け放《はな》して、内側《うちがわ》から、その手形《てがた》を指《ゆび》でなぞった。

手形《てがた》の一部《いちぶ》がスッと消《き》える。

真《ま》っ青《さお》になる先輩《せんぱい》に向《む》かって、橋本《はしもと》は戸惑《とまど》ったような口調《くちょう》でいった。

「この手形《てがた》……内側《うちがわ》からついてるんですけど」

1章《しょう》

左《ひだり》手《て》を探《さが》す幽《ゆう》霊《れい》

―

「ラスト！　あと一本《ぽん》！」

マネージャーの久理子《くりこ》の掛《か》け声《ごえ》に、わたしは最後《さいご》の力《ちから》をふりしぼって、足《あし》を前《まえ》に出《だ》した。

前《まえ》のめりになってゴールを駆《か》け抜《ぬ》けると、そのまま数《すう》メートル走《はし》ってから、グラウンドに寝《ね》っ転《ころ》がる。

視界《しかい》いっぱいに広《ひろ》がる九月《がつ》の青空《あおぞら》を見上《みあ》げながら、わたしが息《いき》を整《ととの》えていると、

「亜希《あき》、おめでとう」

青空《あおぞら》の真《ま》ん中《なか》に、久理子《くりこ》がひょっこりと顔《かお》を出《だ》した。

「百メートルのタイム、記録更新《きろくこうしん》してるよ」

「え？　ほんと？」

わたしはがばっと体《からだ》を起《お》こした。

現金《げんきん》なもので、記録《きろく》が伸《の》びたと聞《き》くと、疲《つか》れも一気《いっき》に吹《ふ》き飛《と》んでしまう。

小学生《しょうがくせい》のときは地元《じもと》の陸上《りくじょう》クラブで毎日《まいにち》のように練習《れんしゅう》していたけど、中学生《ちゅうがくせい》になってからは、ほかのこともやってみたくて、陸上部《りくじょうぶ》からの誘《さそ》いを断《ことわ》っていた。

だけど、しばらく離《はな》れてみて、体《からだ》を動《うご》かすことが好《す》きなんだとあらためて自覚《じかく》したわたしは、一学期《がっき》の終《お》わりに途中入部《とちゅうにゅうぶ》させてもらったのだ。

はじめのうちは、さすがに体《からだ》が重《おも》かったけど、夏休《なつやす》みに走《はし》りこんだおかげで、最近《さいきん》ようやく調子《ちょうし》が戻《もど》ってきたみたいだ。

「やっぱり、朝練《あされん》は気持《きも》ちいいね」

わたしが青空《あおぞら》に両手《りょうて》を突《つ》き出《だ》して、大《おお》きく伸《の》びをしていると、

「ねえ、亜希《あき》」

久理子《くりこ》がまじめな顔《かお》で声《こえ》をかけてきた。

「オカルト研究会《けんきゅうかい》の方《ほう》も、続《つづ》けてるんだよね？」

「……うん、まあね」

わたしはしぶしぶうなずいた。

わたしが通《かよ》う隠明学園《おんめいがくえん》は、中高一貫《ちゅうこういっかん》の私立校《しりつこう》で、自由《じゆう》な校風《こうふう》のせいか、さまざまなクラブが存在《そんざい》している。

オカルト研究会《けんきゅうかい》は、その中《なか》のひとつで、学内《がくない》では心霊関係《しんれいかんけい》の悩《なや》み事《ごと》やトラブルがあればオカ研《けん》に相談《そうだん》しろ、といわれていた。

以前《いぜん》、友《とも》だちに誘《さそ》われて、幽霊屋敷《ゆうれいやしき》と噂《うわさ》されている家《いえ》に肝試《きもだめ》しに行《い》ったわたしは、幽霊《ゆうれい》にとりつかれてしまった。

そこで、オカルト研究会《けんきゅうかい》に相談《そうだん》したところ、法外《ほうがい》な依頼料《いらいりょう》を要求《ようきゅう》されたんだけど、会員《かいいん》割引《わりびき》を使《つか》えば九割引《わりび》きになるといわれて、深《ふか》く考《かんが》えずに入会《にゅうかい》してしまったのだ。

その後《ご》、問題《もんだい》は解決《かいけつ》したけど、心霊現象《しんれいげんしょう》と接《せっ》するうちに霊感《れいかん》が目覚《めざ》めたわたしは、そのまま研究会《けんきゅうかい》の一員《いちいん》として活動《かつどう》することになってしまったのだった。

ちなみに陸上部《りくじょうぶ》との兼部《けんぶ》は、オカ研《けん》の会長《かいちょう》と親《した》しい生徒会長《せいとかいちょう》が、直々《じきじき》に許可《きょか》してくれていた。

「できれば、あっちはやめたいんだけどね」

わたしは苦笑《くしょう》しながらいった。

いま退会《たいかい》したら、九割引《わりび》きが取《と》り消《け》されて、差額《さがく》を要求《ようきゅう》されるので、しぶしぶ続《つづ》けているのだ。

「そうなんだ……」

目《め》をふせる久理子《くりこ》に、わたしはピンときた。

「もしかして、オカ研《けん》になにか相談《そうだん》があるの？」

「うん、まあ……」

久理子《くりこ》はいいにくそうにしていたけど、やがて心《こころ》を決《き》めたのか、ため息《いき》をつきながら困《こま》った顔《かお》でいった。

「お兄《にい》ちゃんが、幽霊《ゆうれい》にたたられたみたいなの」

二

昼休《ひるやす》み。

お弁当《べんとう》を食《た》べ終《お》えて、窓際《まどぎわ》にあるわたしの席《せき》で向《む》かい合《あ》うと、久理子《くりこ》は詳《くわ》しい事情《じじょう》を話《はな》しはじめた。

久理子《くりこ》には、今年大学《ことしだいがく》に入《はい》ったばかりの、六つ年上《としうえ》のお兄《にい》さんがいる。

そのお兄《にい》さんが、二日前《ふつかまえ》、真《ま》っ青《さお》な顔《かお》で朝帰《あさがえ》りをしてきた。

どうやら、飲《の》み会《かい》が終《お》わってから、サークルの先輩《せんぱい》の車《くるま》で、名越峠《なごしとうげ》の幽霊《ゆうれい》トンネルまで肝試《きもだめ》しに行《い》って、そこでなにか恐《おそ》ろしい体験《たいけん》をしてきたらしい。

「お兄《にい》さんは、なにか見《み》たの？」

わたしが聞《き》くと、久理子《くりこ》は難《むずか》しい顔《かお》で眉《まゆ》を寄《よ》せて、

「子《こ》どもの手《て》が車《くるま》を叩《たた》いてきたっていうんだけどね……」

といった。

「子《こ》どもの手《て》が？」

お兄《にい》さんから聞《き》いた話《はなし》によると、そのトンネルでは夜中《よなか》の零時《れいじ》にクラクションを鳴《な》らしてから入《はい》ったら、幽霊《ゆうれい》が出《で》るといわれているらしい。

そこで、お兄《にい》さんたちが実際《じっさい》にその通《とお》りにしてみると――。

「車《くるま》をあちこちから叩《たた》く音《おと》がして、トンネルを抜《ぬ》けてからたしかめてみたら、白《しろ》い小《ち》さな手《て》形《がた》が大量《たいりょう》についていたんだって」

しかも、そのうちのひとつは車《くるま》の内側《うちがわ》からついていたのだそうだ。

それが本当《ほんとう》なら、たしかに怖《こわ》い。

しかもそれ以来《いらい》、お兄《にい》さんは熱《ねつ》を出《だ》して寝込《ねこ》んでいるというのだ。

「ずっとうなされてるし、もしかしたら、霊《れい》にとりつかれてるんじゃないかと思《おも》って……」

久理子《くりこ》はわたしの顔《かお》をじっと見《み》ていった。

「こういうのって、オカルト研究会《けんきゅうかい》で調《しら》べてもらうことはできるのかな？」

「うーん……」

わたしは腕《うで》を組《く》んだ。

「できるとは思《おも》うけど、場合《ばあい》によっては調査料《ちょうさりょう》を請求《せいきゅう》されるかも……」

「え？　そうなの？」

久理子《くりこ》は意表《いひょう》をつかれたように声《こえ》をあげた。

「それって、どれくらい？」

「調査《ちょうさ》の危険度《きけんど》と、会長《かいちょう》の気《き》まぐれによるんだけどね」

わたしのときのように、十万円《まんえん》を請求《せいきゅう》されるときもあれば、近所《きんじょ》の洋菓子屋《ようがしや》さんのチーズケーキですむときもある。

とりあえず、会長《かいちょう》に相談《そうだん》してみるというと、久理子《くりこ》はようやく表情《ひょうじょう》をやわらげた。

三

放課後《ほうかご》になると、わたしはカバンを手《て》に、北校舎《きたこうしゃ》へと向《む》かった。

北校舎《きたこうしゃ》には高等部《こうとうぶ》の教室《きょうしつ》が集《あつ》まっているので、中等部《ちゅうとうぶ》の生徒《せいと》はあまり足《あし》を向《む》ける機会《きかい》はない。

オカルト研究会《けんきゅうかい》の部室《ぶしつ》は、その北校舎《きたこうしゃ》の四階《かい》の一番奥《いちばんおく》にあるのだ。

三階《かい》から四階《かい》にあがる階段《かいだん》の踊《おど》り場《ば》で、わたしは足《あし》を止《と》めて、大《おお》きな姿見《すがたみ》に自分《じぶん》を映《うつ》した。

個性的《こせいてき》なオカ研《けん》の先輩《せんぱい》たちに比《くら》べると、つくづく平凡《へいぼん》だなあとため息《いき》をつきながら、ちょっとだけ前髪《まえがみ》をなおして階段《かいだん》をのぼる。

四階《かい》の突《つ》き当《あ》たりにある〈オカルト研究会《けんきゅうかい》〉のプレートが貼《は》られたドアをノックすると、

「はーい」

ドアの向《む》こうから、さわやかな女性《じょせい》の声《こえ》が聞《き》こえてきた。

「どうぞー」

「失礼《しつれい》します」

ドアを開《あ》けると、ひとめで全体《ぜんたい》が見渡《みわた》せるほどの、小《ちい》さな部屋《へや》だ。

壁際《かべぎわ》には書棚《しょだな》が並《なら》び、部屋《へや》の真《ま》ん中《なか》にはスチール製《せい》の長机《ながづくえ》を集《あつ》めて、そのまわりをパイプ椅子《いす》が囲《かこ》んでいる。

そして、部屋《へや》の奥《おく》では会長《かいちょう》の天堂先輩《てんどうせんぱい》が、窓《まど》を背《せ》に座《すわ》って、顔《かお》もあげずにスマホをいじっていた。

「いらっしゃい」

机《つくえ》の右側《みぎがわ》の奥《おく》で、静流先輩《しずるせんぱい》が微笑《ほほえ》んで小《ちい》さく手《て》を振《ふ》っている。

「珍《めずら》しいですね」

わたしはそういいながら、静流先輩《しずるせんぱい》のとなりに座《すわ》った。

オカルト研究会《けんきゅうかい》には、現在《げんざい》わたしを入《い》れて五人《にん》の会員《かいいん》がいるんだけど、そのうち二人《ふたり》は数合《かずあ》わせのための幽霊会員《ゆうれいかいいん》で、一度《いちど》も会《あ》ったことがない。実際《じっさい》に活動《かつどう》しているのは、中等《ちゅうとう》部《ぶ》一年生《ねんせい》のわたしと、高等部《こうとうぶ》一年《ねん》で会長《かいちょう》の天堂先輩《てんどうせんぱい》、そして同《おな》じく高等部《こうとうぶ》一年《ねん》で、天堂先《てんどうせん》輩《ぱい》の幼馴染《おさななじみ》でもある静流先輩《しずるせんぱい》の三人《にん》だけだった。

その静流先輩《しずるせんぱい》は、目《め》が合《あ》うだけでもドキッとしてしまうほどの美少女《びしょうじょ》で、実際《じっさい》、モデルの活動《かつどう》もしているらしいのだが、それ以外《いがい》にもドラムにダンス、格闘技《かくとうぎ》にボルダリングと多《た》趣味《しゅみ》なため、部室《ぶしつ》に顔《かお》を出《だ》すことはあまりなかった。

「ちょうどよかった」

天堂先輩《てんどうせんぱい》は、ようやく顔《かお》をあげてわたしを見《み》ると、

「校内放送《こうないほうそう》で呼《よ》び出《だ》そうと思《おも》っていたところだ」

と怖《こわ》いことをいった。

一八〇センチ近《ちか》い身長《しんちょう》に、きりっとした眉《まゆ》と切《き》れ長《なが》の目《め》、長《なが》い髪《かみ》を後《うし》ろで束《たば》ねているその姿《すがた》は、まるでりりしいお侍《さむらい》さんのようで、見《み》た目《め》しか知《し》らない女子《じょし》の中《なか》にはファンも多《おお》いらしい。

「やめてください」

わたしは顔《かお》をしかめた。ただでさえ、オカ研唯一《けんゆいいつ》の中等部生《ちゅうとうぶせい》ということで注目《ちゅうもく》されているのに、そんなことをされたら目立《めだ》ってしょうがない。

「なにか用《よう》ですか?」

「これなんだけどな……」

天堂先輩《てんどうせんぱい》が足元《あしもと》のスポーツバッグから、紫色《むらさきいろ》の巾着袋《きんちゃくぶくろ》を取《と》り出《だ》すのを見《み》て、わたしは少《すこ》し緊張《きんちょう》した。

あの巾着袋《きんちゃくぶくろ》は、先輩《せんぱい》がなにか呪《のろ》われているものを入《い》れるために使《つか》うことが多《おお》いからだ。

先輩《せんぱい》は、そこからさらにチャック付《つ》きのビニール袋《ぶくろ》を取《と》り出《だ》して、机《つくえ》の上《うえ》に置《お》いた。

中《なか》には、土《つち》といっしょに半円形《はんえんけい》をしたものが入《はい》っている。

おそるおそる顔《かお》を近《ちか》づけたわたしは、中《なか》のものがなにかわかると同時《どうじ》に、

「きゃっ！」

と悲鳴《ひめい》をあげながら、椅子《いす》ごと後《あと》ずさった。

それは、大量《たいりょう》の髪《かみ》の毛《け》がからまった、木製《もくせい》の櫛《くし》だったのだ。

「なんですか、これ！」

その禍々《まがまが》しい気配《けはい》に顔《かお》がこわばるのを感《かん》じながら、わたしは先輩《せんぱい》に聞《き》いた。

「月島公園《つきしまこうえん》の電話《でんわ》ボックスのそばに埋《う》まっていた」

先輩《せんぱい》の言葉《ことば》に、わたしは一瞬言葉《いっしゅんことば》を失《うしな》った。

「……月島公園《つきしまこうえん》って、うちの店《みせ》の近《ちか》くにある、あの公園《こうえん》ですか？」

「ああ」

わたしの家《いえ》は、〈めん処《どころ》　きりしま〉というラーメン屋《や》をやっている。

父《とう》さんが十年前《ねんまえ》に開《ひら》いた店《みせ》で、小《ちい》さいながらもまあまあ繁盛《はんじょう》していた。

月島公園《つきしまこうえん》というのは、その店《みせ》から歩《ある》いて一分《ぷん》もかからないところにある児童公園《じどうこうえん》だ。

「この間《あいだ》、高等部《こうとうぶ》の女子《じょし》が相談《そうだん》に来《き》てただろ」

「ああ、そういえば……」

数日前《すうじつまえ》、わたしがちょうど部室《ぶしつ》を出《で》ようとしたところに、髪《かみ》をおさげにした小柄《こがら》な女子生《じょしせい》徒《と》が相談《そうだん》に訪《おとず》れたことがあった。

いつもなら、同席《どうせき》して記録係《きろくがかり》をやらされるのだが、その日《ひ》は父《とう》さんに店《みせ》の手伝《てつだ》いを頼《たの》まれていたので、帰《かえ》ることができた。

先輩《せんぱい》は、うちのラーメン屋《や》の常連《じょうれん》なので、わたしの都合《つごう》は全然《ぜんぜん》聞《き》いてくれないけど、店《みせ》の都合《つごう》は考慮《こうりょ》してくれるのだ。

先輩《せんぱい》によると、依頼人《いらいにん》は高等部《こうとうぶ》二年生《ねんせい》の清武《きよたけ》さん。依頼《いらい》の内容《ないよう》は、

「家《いえ》の近《ちか》くにある児童公園《じどうこうえん》に、女《おんな》の人《ひと》の幽霊《ゆうれい》が出《で》るので、調《しら》べてほしい」

というものだった。

予備校《よびこう》からの帰《かえ》り道《みち》に、公園《こうえん》のそばを通《とお》るんだけど、少《すこ》し前《まえ》から不審《ふしん》な女《おんな》の人《ひと》を見《み》かけるようになったらしい。

四

「どうして不審《ふしん》だと思《おも》ったんですか?」

天堂先輩《てんどうせんぱい》が聞《き》くと、

「なんだか、様子《ようす》がおかしかったの」

と、清武《きよたけ》さんはこたえた。

「いつもなにかを探《さが》すみたいに、大《おお》きく前《まえ》かがみになって……たまに、まっすぐ立《た》ってるときもあるけど、すぐに髪《かみ》の毛《け》を引《ひ》っ張《ぱ》られるみたいに、激《はげ》しく前屈《ぜんくつ》するような動《うご》きをして、それがなんだか気持《きも》ち悪《わる》かったの」

公園《こうえん》のそばを通《とお》らなければいいんだけど、そもそも家《いえ》が近《ちか》くにあるので、避《さ》け続《つづ》けるのは難《むずか》しい。

それでもしばらくは、変《へん》な人《ひと》がいるな、ぐらいにしか思《おも》っていなかったのだけれど、あるとき、近所《きんじょ》の友《とも》だちと帰《かえ》りがいっしょになった。

公園《こうえん》の前《まえ》を通《とお》りかかると、また女《おんな》の人《ひと》がいたので、

「あの人《ひと》、いつもこの時間《じかん》にいるんだけど、なにしてるんだろうね」

というと、

「え？　どの人《ひと》？」

友《とも》だちは、すぐ目《め》の前《まえ》にいる女《おんな》の人《ひと》に気《き》づかずに、きょろきょろと公園《こうえん》を見回《みまわ》した。

はじめは友《とも》だちがふざけてるのかと思《おも》っていたけど、女《おんな》の人《ひと》がじろっとこちらをにらんで

きたのを見《み》て、

「あ、これは生《い》きてる人間《にんげん》じゃない」

と確信《かくしん》したのだそうだ。

「どうして確信《かくしん》したんですか？」

先輩《せんぱい》が聞《き》くと、清武《きよたけ》さんは青《あお》い顔《かお》で、「だって……」といった。

「こっちに背中《せなか》を向《む》けたままで、首《くび》だけがぐるんと回《まわ》ってわたしをにらんだのよ」


依頼《いらい》を引《ひ》き受《う》けた天堂先輩《てんどうせんぱい》は、その日《ひ》から公園《こうえん》に張《は》り込《こ》んだ。

「それで、最近毎日《さいきんまいにち》うちの店《みせ》に来《き》てたんですね」

亜希《あき》の学校《がっこう》の先輩《せんぱい》、最近毎晩《さいきんまいばん》来《き》てくれるぞ、と父《とう》さんが嬉《うれ》しそうにいっていたのだ。

「女《おんな》の幽霊《ゆうれい》は、三日目《みっかめ》にあらわれた」

先輩《せんぱい》は、わたしを無視《むし》して話《はなし》をすすめた。

年《とし》は二十代後半《だいこうはん》から三十代《だい》くらい。

所持品《しょじひん》は特《とく》になし。

目立《めだ》った外傷《がいしょう》はないが、首《くび》のあたりが変色《へんしょく》しているようにも見《み》えるので、扼殺《やくさつ》または首《くび》吊《つ》りをはかった可能性《かのうせい》が高《たか》い、というのが先輩《せんぱい》の見立《みた》てだった。

ためしに話《はな》しかけてみたけれど、会話《かいわ》は成立《せいりつ》しなかったらしい。

「よくそんなことができますね」

わたしは半《なか》ば感心《かんしん》、半《なか》ば呆《あき》れながらいった。

幽霊《ゆうれい》を前《まえ》にして、どうやったら会話《かいわ》を試《こころ》みようと思《おも》えるのだろう。

「よっぽど、お前《まえ》を呼《よ》び出《だ》そうと思《おも》ったんだが……」

そういって、先輩《せんぱい》はわたしを見《み》た。

先日《せんじつ》の出来事《できごと》を通《とお》して霊感《れいかん》が目覚《めざ》めたわたしだったけど、その中《なか》でも特《とく》に強《つよ》かったのが霊《れい》媒《ばい》としての力《ちから》だった。つまり、霊《れい》にとりつかれやすいのだ。

おそらく先輩《せんぱい》は、わたしに女《おんな》の人《ひと》の霊《れい》をとりつかせて、会話《かいわ》をしようとしたのだろう。

「さすがに、真夜中《まよなか》に中学生《ちゅうがくせい》を呼《よ》び出《だ》すのは非常識《ひじょうしき》かと思《おも》って、やめておいた」

わたしは胸《むね》をなでおろした。

どうやらこの先輩《せんぱい》にも、常識《じょうしき》と非常識《ひじょうしき》の区別《くべつ》は一応《いちおう》あるようだ。

もっとも、中学生《ちゅうがくせい》に霊《れい》をとりつかせるのが常識《じょうしき》とも思《おも》えないけど……。

「……なにか失礼《しつれい》なことを考《かんが》えてないか？」

先輩《せんぱい》がにらんできたので、わたしは話《はなし》をそらした。

「それで、結局《けっきょく》この櫛《くし》は、どうしたんですか？」

「ダウジングで見《み》つけたんだ」

先輩《せんぱい》は、耳慣《みみな》れない言葉《ことば》を口《くち》にした。

「ダウジング？」

「ああ。女《おんな》の霊《れい》が、なにかを探《さが》しているように見《み》えたからな。だから、女《おんな》が立《た》っている場所《ばしょ》を中心《ちゅうしん》に……」

「あ、いや、その前《まえ》に」

わたしは先輩《せんぱい》の台詞《せりふ》をさえぎった。

「ダウジングってなんですか？」

「なんだ、知《し》らないのか？」

またにらまれてしまったけど、知《し》らないものは知《し》らないのだ。

呆《あき》れている先輩《せんぱい》に代《か》わって、

「ダウジングっていうのはね……」

話《はなし》を聞《き》きながら、ずっとエアでドラムの練習《れんしゅう》をしていた静流先輩《しずるせんぱい》が教《おし》えてくれた。

ダウジングとはもともと、地下水脈《ちかすいみゃく》や金属《きんぞく》の鉱脈《こうみゃく》がある場所《ばしょ》を地上《ちじょう》から調《しら》べる方法《ほうほう》のことで、通常《つうじょう》は金属《きんぞく》の棒《ぼう》や振《ふ》り子《こ》を使《つか》うらしい。

たとえば棒《ぼう》を使《つか》う場合《ばあい》は、エル字形《じがた》に折《お》り曲《ま》げた棒《ぼう》を二本《ほん》用意《ようい》して、短《みじか》い方《ほう》を持《も》ち、長《なが》い方《ほう》を正面《しょうめん》に向《む》けて、探《さが》しているものを念《ねん》じながら歩《ある》き回《まわ》ると、地下《ちか》になにかがある場所《ばしょ》に来《き》たときに、長《なが》い方《ほう》の先端《せんたん》が自然《しぜん》に左右《さゆう》に開《ひら》く。

また、振《ふ》り子《こ》の場合《ばあい》は、ダウジングチェーンと呼《よ》ばれるチェーンの先《さき》に金属《きんぞく》のおもりをつけて、同《おな》じく念《ねん》じながら歩《ある》くと、なにかがある場所《ばしょ》でぐるぐると回《まわ》り出《だ》す。

宝探《たからさが》しではわりとポピュラーな方法《ほうほう》で、先輩《せんぱい》の場合《ばあい》、心霊現象《しんれいげんしょう》が起《お》きた場所《ばしょ》を歩《ある》くことで、その現象《げんしょう》の原因《げんいん》となるなにかがある場所《ばしょ》を特定《とくてい》できるのだそうだ。

「そんなの、普通《ふつう》は知《し》りませんよ」

わたしは抗議《こうぎ》したけど、

「オカルト研究会《けんきゅうかい》の会員《かいいん》なら、少《すこ》しぐらい勉強《べんきょう》しておけ」

先輩《せんぱい》はそういって立《た》ち上《あ》がると、本棚《ほんだな》から分厚《ぶあつ》い本《ほん》を取《と》り出《だ》して、わたしの前《まえ》に置《お》いた。

『小学生《しょうがくせい》のためのオカルト図鑑《ずかん》　決定版《けっていばん》』

「なんですか、これ」

「入門書《にゅうもんしょ》だ。来週《らいしゅう》までに読《よ》んでおけ。ついでに、このチェーンも貸《か》してやるから、練習《れんしゅう》してこい」

先輩《せんぱい》はそういって、金色《きんいろ》に輝《かがや》くチェーンを机《つくえ》に置《お》いた。

「いりません」

「それで、この櫛《くし》のことだが……」

先輩《せんぱい》はチェーンをわたしにおしつけると、一方的《いっぽうてき》に話《はなし》を切《き》り上《あ》げて、櫛《くし》の入《はい》ったビニール袋《ぶくろ》を手《て》にとった。

「女《おんな》の幽霊《ゆうれい》がなにかを探《さが》し回《まわ》っていたあたりを、ダウジングして見《み》つけたんだ」

「それって……つまり、どういうことですか?」

わたしが首《くび》をかしげると、先輩《せんぱい》は肩《かた》をすくめて、といった。

「つまり、誰《だれ》かがあの幽霊《ゆうれい》をどこからか連《つ》れてきたってことだな」

「え……」

わたしは絶句《ぜっく》した。

「この櫛《くし》はかなり使《つか》い込《こ》まれている。おそらく、持《も》ち主《ぬし》が愛用《あいよう》していたものだろう」

先輩《せんぱい》は櫛《くし》を紫《むらさき》の巾着《きんちゃく》にしまいながらいった。

「さらに、からまっている髪《かみ》の毛《け》が持《も》ち主《ぬし》のものなら、これは体《からだ》の一部《いちぶ》ということになる。愛用品《あいようひん》や体《からだ》の一部《いちぶ》は、呪具《じゅぐ》としての効果《こうか》が高《たか》い」

呪具《じゅぐ》というのは、誰《だれ》かを呪《のろ》うための道具《どうぐ》のことだ。

「この櫛《くし》の持《も》ち主《ぬし》は、なんらかの事情《じじょう》から、成仏《じょうぶつ》できずにこの世《よ》にとどまったものと考《かんが》えられる。そして、何者《なにもの》かがこの櫛《くし》を埋《う》めることで、彼女《かのじょ》の霊《れい》をあの公園《こうえん》につなぎとめたんだ」

「誰《だれ》がそんなことを……」

話《はなし》を聞《き》いているうちに、わたしは気分《きぶん》が悪《わる》くなってきた。

亡《な》くなった人《ひと》の思《おも》いがこもったものを利用《りよう》して、幽霊《ゆうれい》を連《つ》れてくるなんて……。

「さあな」

天堂先輩《てんどうせんぱい》は、巾着《きんちゃく》を机《つくえ》に置《お》いて、腕《うで》を組《く》んだ。

「とりあえず、この櫛《くし》から幽霊《ゆうれい》の身元《みもと》だけでもわかればと思《おも》ったんだが……」

そういって、チラッとわたしを見《み》る。

「……嫌《いや》ですよ」

わたしは椅子《いす》ごとズズッと身《み》を引《ひ》いた。

幽霊《ゆうれい》はどうやら、櫛《くし》がある場所《ばしょ》にあらわれるようだ。

その櫛《くし》がここにあるということは、幽霊《ゆうれい》はこの近《ちか》くにいる可能性《かのうせい》が高《たか》い。

先輩《せんぱい》は、女《おんな》の人《ひと》の霊《れい》をわたしにとりつかせて、会話《かいわ》を試《こころ》みようと考《かんが》えたのだろう。

「だめか」

先輩《せんぱい》は肩《かた》を落《お》として、巾着《きんちゃく》をバッグに戻《もど》した。

「まあ、さすがに無理《むり》じいできることじゃないからな。——それで?」

「え?」

「え? じゃない。なにか用《よう》があって来《き》たんじゃないのか?」

「あ、はい、そうでした」

櫛《くし》の話《はなし》で忘《わす》れるところだった。

「よくわかりましたね」

「当《あ》たり前《まえ》だ。全部《ぜんぶ》顔《かお》に出《で》ている」

わたしはぐっと言葉《ことば》に詰《つ》まった。

どうしてこの人《ひと》は、一言多《ひとことおお》いんだろう、と思《おも》いながら、わたしは口《くち》を開《ひら》いた。

「実《じつ》は、クラスの友《とも》だちから相談《そうだん》を受《う》けたんですけど……」

久理子《くりこ》から聞《き》いた、幽霊《ゆうれい》トンネルの話《はなし》をすると、先輩《せんぱい》は興味深《きょうみぶか》そうに聞《き》いていたけど、話《はなし》が終《お》わると、

「名越峠《なごしとうげ》か……ちょっと遠《とお》いな」

とつぶやいた。

そうなのだ。旧道《きゅうどう》にはバス停《てい》もないし、行《い》くとすれば、タクシーを使《つか》うか、誰《だれ》かに車《くるま》を出《だ》してもらうしかない。

「そっちは車《くるま》が必要《ひつよう》だから、また今度《こんど》にしよう」

「そうですよね」

わたしは腰《こし》を上《あ》げて帰《かえ》ろうとした。

「おい、どこに行《い》くんだ？」

「え？　陸上部《りくじょうぶ》の練習《れんしゅう》ですけど……」

少《すこ》し遅《おく》れたけど、いまからなら最初《さいしょ》のダッシュには間《ま》に合《あ》うだろう。

「なにいってるんだ。いまから調査《ちょうさ》に行《い》くぞ」

「え？　でも、いま、今度《こんど》にしようって……」

「トンネルの調査《ちょうさ》は今度《こんど》にしようっていったんだ。今日《きょう》は、静流《しずる》から相談《そうだん》のあった、踏切《ふみきり》の近《ちか》くにあらわれる幽霊《ゆうれい》の調査《ちょうさ》に行《い》くから、さっさと準備《じゅんび》しろ」

五

「特段《とくだん》の事情《じじょう》がない限《かぎ》り、会長《かいちょう》の指示《しじ》には従《したが》う」という規約《きやく》にサインをしてしまった、中学《ちゅうがく》一年生《ねんせい》の下《した》っ端《ぱ》会員《かいいん》に拒否権《きょひけん》があるはずもなく、わたしは首根《くびね》っこをつかまれるような気《き》持《も》ちで、校舎《こうしゃ》をあとにした。

目的地《もくてきち》に向《む》かってトボトボと歩《ある》きながら、静流《しずる》さんから説明《せつめい》を受《う》ける。

「わたしがドラムを担当《たんとう》しているバンドのベースに、コウさんっていう大学生《だいがくせい》の男《おとこ》の人《ひと》がいるんだけど、その人《ひと》から、幽霊《ゆうれい》を見《み》たかもしれないっていう相談《そうだん》を受《う》けたの」

大学生《だいがくせい》のコウさんは、夜《よる》の十一時《じ》まで営業《えいぎょう》しているカフェで、アルバイトをしている。

その日《ひ》も、いつものようにラストまで働《はたら》いて片付《かたづ》けを終《お》えると、十一時半《じはん》ごろに店《みせ》を出《で》て、夜道《よみち》を自転車《じてんしゃ》で走《はし》っていた。

下宿《げしゅく》しているアパートまでの道《みち》のりの、ちょうど真《ま》ん中《なか》あたりに踏切《ふみきり》があるのだが、この時間帯《じかんたい》になると、ほとんどひっかかることはない。

そのまま通《とお》り過《す》ぎようとしたコウさんは、白《しろ》い人影《ひとかげ》に気《き》づいて自転車《じてんしゃ》を停《と》めた。

踏切《ふみきり》のそばにある深《ふか》い草《くさ》むらで、白《しろ》い服《ふく》を着《き》た女《おんな》の人《ひと》が、なにかを探《さが》すように草《くさ》をかきわけている。

「どうしたんですか?」

コウさんが声《こえ》をかけると、

「ないんです」

女《おんな》の人《ひと》はこたえた。

「手伝《てつだ》いましょうか?」

コウさんは、なにか落《お》としたのかな、と思《おも》いながら、草《くさ》むらに足《あし》を踏《ふ》み入《い》れた。

「たぶん、この辺《へん》だと思《おも》うんですけど……」

女《おんな》の人《ひと》は、首《くび》をかしげながら、草《くさ》むらを探《さが》している。

コウさんも、がさっと大《おお》きく草《くさ》をかきわけて、

「なにがないんですか？」

と聞《き》いた。

女《おんな》の人《ひと》は背筋《せすじ》を伸《の》ばして、コウさんと向《む》かい合《あ》うと、

「左手《ひだりて》がないんです」

そういって、左腕《ひだりうで》を肩《かた》の高《たか》さまであげた。

それを見《み》て、コウさんは青《あお》くなった。

女性《じょせい》の左手《ひだりて》は、手首《てくび》から先《さき》がすっぱりと切《き》り落《お》とされ、血《ち》がだらだらと流《なが》れていたのだ。

コウさんが声《こえ》も出《だ》せずにいると、

「あなたの左手《ひだりて》をくれませんか？」

女《おんな》の人《ひと》はにっこり笑《わら》って、残《のこ》った右手《みぎて》でコウさんの左手《ひだりて》をつかもうとした。

コウさんは、喉《のど》の奥《おく》で悲鳴《ひめい》をあげながら、自転車《じてんしゃ》に飛《と》び乗《の》ってその場《ば》から逃《に》げ出《だ》した。

「――その日《ひ》から毎晩《まいばん》、その女《おんな》の人《ひと》が枕元《まくらもと》に立《た》って、『わたしの左手《ひだりて》を探《さが》してください』っ

て迫《せま》ってくるんだって」

そこで、霊感少女《れいかんしょうじょ》として有名《ゆうめい》な静流《しずる》さんに相談《そうだん》してきたんだけど、実《じつ》は静流《しずる》さん、長《なが》い黒髪《くろかみ》に色白《いろじろ》の儚《はかな》げな美少女《びしょうじょ》という外見《がいけん》から、霊感《れいかん》がありそうに見《み》えるだけで、実際《じっさい》は全然《ぜんぜん》ないのだ。

霊感《れいかん》があるのは、天堂先輩《てんどうせんぱい》の方《ほう》だった。

先輩《せんぱい》はもともと霊感《れいかん》があって、オカルトや心霊現象《しんれいげんしょう》にも興味《きょうみ》を持《も》っていたけど、おじいさんが地元《じもと》で有名《ゆうめい》な政治家《せいじか》ということもあって、あまり表立《おもてだ》って「霊感《れいかん》があります」とはいいにくかった。

そこで、学内《がくない》にオカルト研究会《けんきゅうかい》をつくり、さらに静流《しずる》さんを霊感少女《れいかんしょうじょ》として前面《ぜんめん》に出《だ》すことで、なるべく自分《じぶん》は目立《めだ》たないようにオカルトの調査《ちょうさ》をしているのだ。

静流《しずる》さんにとっても、霊感《れいかん》があると思《おも》われることで変《か》わり者《もの》という評判《ひょうばん》が広《ひろ》がり、儚《はかな》げな美少女目当《びしょうじょめあ》てでいい寄《よ》ってくる人《ひと》が減《へ》るので、むしろ積極的《せっきょくてき》にそのキャラクターを演《えん》じていた。

「その踏切《ふみきり》って、最近誰《さいきんだれ》かが亡《な》くなってるんですか？」

わたしがたずねると、

「そんなことはないみたい」

静流《しずる》さんがこたえて、肩《かた》をすくめた。

「コウさんも気《き》になって、その踏切《ふみきり》の近《ちか》くに住《す》んでいる友《とも》だちに聞《き》いてみたけど、最近《さいきん》どころか、もうここ何年《なんねん》も、事故《じこ》や飛《と》び込《こ》みはおきてないんだって」

「それって……」

わたしが天堂先輩《てんどうせんぱい》を見《み》ると、

「ああ」

先輩《せんぱい》は険《けわ》しい表情《ひょうじょう》で短《みじか》くこたえた。

「似《に》てるな」

公園《こうえん》も踏切《ふみきり》も、そこで誰《だれ》かが亡《な》くなるような事件《じけん》があったわけじゃないのに、幽霊《ゆうれい》がなにかを探《さが》しているのだ。

踏切《ふみきり》の幽霊《ゆうれい》が探《さが》しているもののことを考《かんが》えて、わたしの足取《あしど》りはいっそう重《おも》くなった。

六

学校《がっこう》から二十分《ぶん》ほど歩《ある》いて、ようやく目的《もくてき》の踏切《ふみきり》が近《ちか》づいてくると、なんだか前方《ぜんぽう》が騒《さわ》がしくなってきた。

人《ひと》だかりができて、パトカーも停《と》まっている。

「なにかあったんでしょうか」

わたしが話《はな》しかけると、

「ん？」

天堂先輩《てんどうせんぱい》が足《あし》を止《と》めた。

踏切《ふみきり》のそばにある草《くさ》むらの前《まえ》で、背《せ》の高《たか》いパンツスーツの女性《じょせい》が、制服《せいふく》を着《き》た警察官《けいさつかん》に、なにか指示《しじ》をしている。

肩《かた》までの髪《かみ》を茶色《ちゃいろ》に染《そ》めた、キリッとした顔立《かおだ》ちの、かっこいい刑事《けいじ》さんだった。

「天《てん》ちゃん、あれって……」

静流《しずる》さんの言葉《ことば》に、天堂先輩《てんどうせんぱい》がうなずく。

「ああ……成瀬《なるせ》さんだな」

「成瀬《なるせ》さん？」

どこかで聞《き》いたことのある名前《なまえ》だな、と思《おも》っていると、相手《あいて》の女性《じょせい》がこちらに気《き》づいて足《あし》

早《ばや》に歩《ある》いてきた。

そして、天堂先輩《てんどうせんぱい》の前《まえ》で足《あし》を止《と》めると、

「こんなところで、なにをしているんだ？」

と聞《き》いた。

「成瀬《なるせ》さんこそ、なにしてるんですか」

「見《み》ればわかるだろう」

成瀬《なるせ》と呼《よ》ばれた女性《じょせい》は、後《うし》ろを一瞬《いっしゅん》振《ふ》り返《かえ》って、

「仕事《しごと》だ」

といった。

「なにか見《み》つかったんですか？」

天堂先輩《てんどうせんぱい》の言葉《ことば》に、成瀬《なるせ》さんは目《め》を細《ほそ》めて先輩《せんぱい》をにらんだ。

「なにを知《し》っている」

「誤解《ごかい》ですよ。ぼくたちは、静流《しずる》から聞《き》いた話《はなし》をもとに、幽霊《ゆうれい》の調査《ちょうさ》に来《き》ただけです」

切迫《せっぱく》したやり取《と》りに、二人《ふたり》はどういう関係《かんけい》なんだろうと思《おも》っていると、

「成瀬《なるせ》さん、お久《ひさ》しぶりです」

静流《しずる》さんが、天堂先輩《てんどうせんぱい》の後《うし》ろから、ひょこっと顔《かお》を出《だ》した。

「ああ、静流《しずる》くんか」

成瀬《なるせ》さんは、少《すこ》し表情《ひょうじょう》をやわらげて、それから不審《ふしん》そうにわたしを見《み》た。

「この少女《しょうじょ》は？」

「うちの新人《しんじん》です」

天堂先輩《てんどうせんぱい》のこたえに、成瀬《なるせ》さんは眉《まゆ》をさげて、

「それはかわいそうに」

なぜか、同情《どうじょう》する目《め》でわたしを見《み》た。

「それで、なんの調査《ちょうさ》にやってきたんだ」

成瀬《なるせ》さんの問《と》いに、天堂先輩《てんどうせんぱい》は、

「静流《しずる》の知《し》り合《あ》いからの情報《じょうほう》です」

と前置《まえお》きをしてから、左手《ひだりて》を探《さが》す幽霊《ゆうれい》の話《はなし》をした。

その間《あいだ》に、わたしは静流《しずる》さんから、成瀬《なるせ》さんのことを教《おし》えてもらう。

以前《いぜん》、天堂先輩《てんどうせんぱい》から、地元《じもと》の警察《けいさつ》には心霊系《しんれいけい》の事件《じけん》を捜査《そうさ》したり、その後始末《あとしまつ》をしたりする部署《ぶしょ》があると聞《き》いていたんだけど、成瀬《なるせ》さんはその部署《ぶしょ》の代表《だいひょう》――というか、実質的《じっしつてき》に

唯一《ゆいいつ》の担当《たんとう》なのだそうだ。

つまり、オカルト研究会《けんきゅうかい》の活動《かつどう》における、警察側《けいさつがわ》の窓口《まどぐち》というわけだ。

高校生《こうこうせい》の部活動《ぶかつどう》に、どうして警察《けいさつ》の窓口《まどぐち》が必要《ひつよう》なのかは疑問《ぎもん》だけど、幽霊《ゆうれい》というのは大抵《たいてい》未練《みれん》がある死者《ししゃ》なので、事件《じけん》か事故《じこ》に巻《ま》き込《こ》まれたケースが必然的《ひつぜんてき》に多《おお》くなる。

だから、警察《けいさつ》との連携《れんけい》は必要不可欠《ひつようふかけつ》なのだそうだ。

実際《じっさい》、わたしが相談《そうだん》した件《けん》も、過去《かこ》の殺人事件《さつじんじけん》が関《かか》わっていたし、最終的《さいしゅうてき》には警察《けいさつ》の力《ちから》を借《か》りることになった。

少《すく》なくとも、こういうことに理解《りかい》のある人《ひと》が警察側《けいさつがわ》にいないと、非常《ひじょう》にややこしいことになるのだろう。

天堂先輩《てんどうせんぱい》との話《はなし》を終《お》えた成瀬《なるせ》さんが、今度《こんど》は静流《しずる》さんのところにやってきた。

「その女《おんな》の特徴《とくちょう》はわかるか」

「たしか、白《しろ》いワンピースを着《き》ていたような気《き》がする、といっていました」

静流《しずる》さんはこたえた。

「なるほど。それで――」

成瀬《なるせ》さんは、踏切《ふみきり》のそばの、警察官《けいさつかん》や青《あお》い作業着《さぎょうぎ》の人《ひと》たちが忙《いそが》しく動《うご》き回《まわ》っている場所《ばしょ》に

目《め》を向《む》けると、天堂先輩《てんどうせんぱい》に視線《しせん》を戻《もど》して、

「その女《おんな》は、まだいるか？」

と聞《き》いた。

「いますね」

天堂先輩《てんどうせんぱい》は即答《そくとう》した。そして、

「こちらからもひとつ、いいですか？」

指《ゆび》を一本《ぽん》立《た》てて聞《き》いた。

「成瀬《なるせ》さんたちは、ここになにをしに来《き》たんですか？」

「左手《ひだりて》だ」

成瀬《なるせ》さんが簡潔《かんけつ》にこたえた。

「踏切《ふみきり》の脇《わき》の草《くさ》むらから、左手《ひだりて》が見《み》つかったんだ」

見《み》つかった左手《ひだりて》は腐敗《ふはい》がすすみ、骨《ほね》が見《み》えていたらしい。

「それって、幽霊《ゆうれい》が探《さが》してたっていう左手《ひだりて》ですか？」

わたしは横《よこ》から口《くち》をはさんだ。

「まあ、さっきの幽霊話《ゆうれいばなし》が本当《ほんとう》なら、そういうことになるな」

成瀬《なるせ》さんのこたえを聞《き》いて、わたしはさらに質問《しつもん》を重《かさ》ねた。

「だったら、どうして幽霊《ゆうれい》は、まだ怒《おこ》っているんですか？」

「怒《おこ》ってる？」

成瀬《なるせ》さんが眉《まゆ》を寄《よ》せる。

「きみも見《み》えるのか？」

わたしは一瞬《いっしゅん》ためらったあと、うなずいた。

さっきから、おそらくその幽霊《ゆうれい》と思《おも》われる白《しろ》いワンピースの女性《じょせい》が、青《あお》い服《ふく》を着《き》た鑑識《かんしき》の人《ひと》たちの間《あいだ》を歩《ある》き回《まわ》っているんだけど、ずっと怖《こわ》い顔《かお》をしているのだ。

はじめは、左手《ひだりて》が見《み》つからなくて怒《おこ》ってるのかと思《おも》ったけど、どうやら左手《ひだりて》が見《み》つかったから警察《けいさつ》が来《き》たらしい。

それなら、探《さが》し物《もの》はもう見《み》つかったはずだ。

「おれには、表情《ひょうじょう》までは見《み》えないな」

天堂先輩《てんどうせんぱい》が白《しろ》い女性《じょせい》の方《ほう》に目《め》をこらしながらいった。

「おそらく、まだなにか未練《みれん》があるんだろう。よし、霧島《きりしま》――」

「いやです」

わたしは食《く》い気味《ぎみ》に拒否《きょひ》した。

「まだなにもいってな……」

「いわれなくてもわかります。なにに怒《おこ》ってるのか、聞《き》いてこいっていうんですよね」

「誰《だれ》がそんなことをいった」

天堂先輩《てんどうせんぱい》が苦笑《にがわら》いを浮《う》かべた。

「え？　違《ちが》うんですか？」

「怒《おこ》ってる理由《りゆう》は、あとで調《しら》べればわかる。それより、住所《じゅうしょ》と名前《なまえ》を聞《き》いてこい」

「——え？」

予想外《よそうがい》の命令《めいれい》に、わたしは一瞬《いっしゅん》、混乱《こんらん》した。

「幽霊《ゆうれい》の身元《みもと》を聞《き》いてどうするんですか？　まさか、好《この》みのタイプだっ——」

「なにをいってる」

今度《こんど》は、先輩《せんぱい》がわたしの台詞《せりふ》をさえぎった。

「左手《ひだりて》がない死者《ししゃ》がいるんだから、まず間違《まちが》いなく事件《じけん》だ。被害者《ひがいしゃ》の身元調査《みもとちょうさ》をするのは、当《あ》たり前《まえ》だろう」

「ああ、そういう……」

ようやく納得《なっとく》したわたしの耳元《みみもと》で、

「左手《ひだりて》……」


女性《じょせい》のささやき声《ごえ》が聞《き》こえた。

背筋《せすじ》をゾゾゾッと悪寒《おかん》がはいあがる。

天堂先輩《てんどうせんぱい》とのやりとりに気《き》をとられて目《め》を離《はな》したすきに、白《しろ》い服《ふく》の女《おんな》の人《ひと》は、わたしのすぐそばまで近《ちか》づいてきていたのだ。


「わたしの左手《ひだりて》……」


女《おんな》の人《ひと》が悲《かな》しげな声《こえ》で繰《く》り返《かえ》す。

「あ、あの……あなたの左手《ひだりて》なら、警察《けいさつ》が……」

わたしは懸命《けんめい》にこたえたけど、女《おんな》の人《ひと》には届《とど》いていないのか、

「左手《ひだりて》……わたしの左手《ひだりて》……」

と繰《く》り返《かえ》している。

「霧島《きりしま》、大丈夫《だいじょうぶ》か？」

天堂先輩《てんどうせんぱい》が、心配《しんぱい》そうにわたしの目《め》をのぞきこむ。

だけど、わたしは知《し》っている。

先輩《せんぱい》は、わたしを心配《しんぱい》しているわけではなく、女《おんな》の人《ひと》の幽霊《ゆうれい》がわたしにとりついているかどうか、確認《かくにん》しているだけだ。

そして、とりついていた場合《ばあい》、わたしを通《つう》じて女《おんな》の人《ひと》の情報《じょうほう》を得《え》ようとしているのだ。

文句《もんく》をいおうとしたわたしの口《くち》から、

「左手《ひだりて》……わたしの左手《ひだりて》……」

わたしのものではない声《こえ》が出《で》た。

さっきの幽霊《ゆうれい》を探《さが》そうにも、体《からだ》が動《うご》かない。

どうやら、完全《かんぜん》にとりつかれてしまったようだ。

「聞《き》こえますか？」

天堂先輩《てんどうせんぱい》が急《きゅう》に口調《くちょう》を変《か》えて、わたしに向《む》かって呼《よ》びかける。

「あなたは誰《だれ》ですか？」


「わたし……わたしは……」


わたしの口《くち》が、勝手《かって》にこたえる。

まるで、わたし自身《じしん》はどこかに閉《と》じ込《こ》められて、誰《だれ》かが勝手《かって》にわたしの体《からだ》を使《つか》っているのを、遠《とお》くから見《み》ているみたいだ。


「わたしは……電車《でんしゃ》に飛《と》び込《こ》んで……左手《ひだりて》だけが……見《み》つからなくて……」


「それは、この踏切《ふみきり》ですか？」

天堂先輩《てんどうせんぱい》は、わたしの中《なか》の知《し》らない誰《だれ》かと、普通《ふつう》に会話《かいわ》している。

「**違《ちが》う……憎《にく》い……あいつのせいで……**」

わたしは怒《いか》りで体《からだ》を震《ふる》わせながら、まったく知《し》らない男性《だんせい》の名前《なまえ》を口《くち》にした。

そして、両手《りょうて》を天堂先輩《てんどうせんぱい》の首《くび》に伸《の》ばそうとした瞬間《しゅんかん》、頭《あたま》から大量《たいりょう》の細《こま》かい粒《つぶ》をかけられた。

体《からだ》から一気《いっき》に力《ちから》が抜《ぬ》けて、その場《ば》に座《すわ》り込《こ》む。

「ちょっと、せんぱ……うえっ」

頭《あたま》からはたきおとした粒《つぶ》が口《くち》に入《はい》って、わたしはえずいた。

「これって……」

「塩《しお》だ」

先輩《せんぱい》は空《から》になったビニール袋《ぶくろ》をさかさまにして振《ふ》りながらこたえた。

「もうちょっと、ほかに方法《ほうほう》はないんですか?」

「これが一番確実《いちばんかくじつ》なんだよ」

平然《へいぜん》としている先輩《せんぱい》に、わたしがさらに文句《もんく》をいおうとしたとき、

「いまのは、霊《れい》が憑依《ひょうい》したのか？」

成瀬《なるせ》さんが、感心《かんしん》したようにいった。

「そうです。霧島《きりしま》は、どうやら依《よ》り代《しろ》としての才能《さいのう》があるみたいで、気《き》を抜《ぬ》くと簡単《かんたん》に憑依《ひょうい》されるんです」

よくわからないけど、なんだか馬鹿《ばか》にされているような気《き》がする。

「先輩《せんぱい》、わざとですよね？」

わたしは先輩《せんぱい》に詰《つ》め寄《よ》った。

「なにがだ？」

「わたしがとりつかれるのを期待《きたい》して、ここに連《つ》れて来《き》たでしょ？」

「そんなわけないだろ」

先輩《せんぱい》は、心外《しんがい》だというように、目《め》を丸《まる》くした。

それから、ややトーンを落《お》として付《つ》け加《くわ》えた。

「まあ、いつとりつかれてもいいように、清《きよ》めの塩《しお》は準備《じゅんび》しておいたけどな」

前回《ぜんかい》の事件《じけん》では、霊《れい》にとりつかれたわたしを助《たす》けてくれた天堂先輩《てんどうせんぱい》だったけど、いつのまにかすっかり、利用《りよう》する側《がわ》に回《まわ》ってしまったようだ。

「しかし、今回《こんかい》は早《はや》かったな」

先輩《せんぱい》が、少《すこ》し不思議《ふしぎ》そうにいった。

「なにがですか？」

わたしはまだ舌《した》の先《さき》に残《のこ》っている塩《しお》を吐《は》き出《だ》しながら聞《き》いた。

「とりつかれるのが」

そういえば、前回《ぜんかい》は幽霊屋敷《ゆうれいやしき》に足《あし》を踏《ふ》み入《い》れたうえで、恨《うら》みなどの共通点《きょうつうてん》がある幽霊《ゆうれい》に、波長《はちょう》が合《あ》ってとりつかれたのだ。

それに比《くら》べれば、今回《こんかい》は特《とく》に共通点《きょうつうてん》もなさそうだし、とりつかれるのも早《はや》かった気《き》がする。

どうしてだろう、と思《おも》っていると、

「たぶん、波長《はちょう》が合《あ》いやすくなってるんだな」

天堂先輩《てんどうせんぱい》が、わたしの心《こころ》を読《よ》んだようにこたえた。

「波長《はちょう》が合《あ》いやすく……？」

「要《よう》するに、霊感《れいかん》が強《つよ》くなったっていうことだ」

天堂先輩《てんどうせんぱい》はそういって、わたしの肩《かた》を、ぽん、と叩《たた》いた。

「はあ……」

わたしが肩《かた》を落《お》としてため息《いき》をついていると、

「すまなかったな」

成瀬《なるせ》さんが正面《しょうめん》に立《た》って、頭《あたま》をさげた。

「結果的《けっかてき》に、きみを利用《りよう》するようなことになってしまった」

「あ、いえ、成瀬《なるせ》さんは別《べつ》に……」

わたしがあわてて首《くび》を振《ふ》ると、

「だが、おかげで身元《みもと》がわかりそうだ。ありがとう」

成瀬《なるせ》さんはそういって微笑《ほほえ》んだ。

どうやら、さっきわたしが口《くち》にした人《ひと》の名前《なまえ》が、手《て》がかりになったようだ。

警察《けいさつ》なら、関係者《かんけいしゃ》の名前《なまえ》がわかれば、女《おんな》の人《ひと》の身元《みもと》を調《しら》べるのは難《むずか》しくないのだろう。

「ごめんね」

静流《しずる》さんがわたしに手《て》を合《あ》わせて謝《あやま》った。

「天《てん》ちゃんには、あとで注意《ちゅうい》しとくから」

この人《ひと》は注意《ちゅうい》されたくらいでは変《か》わらないだろうな、と思《おも》いながら、涼《すず》しい顔《かお》をしている

天堂先輩《てんどうせんぱい》をにらんでいると、

「失礼《しつれい》します」

青《あお》い服《ふく》を着《き》た鑑識《かんしき》の人《ひと》が、成瀬《なるせ》さんに敬礼《けいれい》をして、

「近《ちか》くに、こんなものが埋《う》まっていたんですが……」

そういうと、ビニール袋《ぶくろ》に入《はい》った、木切《きぎ》れのようなものを差《さ》し出《だ》した。

「ご苦労《くろう》さん」

ビニール袋《ぶくろ》を受《う》け取《と》った成瀬《なるせ》さんに、

「ちょっと、それを見《み》せてください」

天堂先輩《てんどうせんぱい》が珍《めずら》しく声《こえ》を荒《あら》らげて、袋《ふくろ》をうばいとった。

「ちょっと、先輩《せんぱい》……」

わたしは先輩《せんぱい》に注意《ちゅうい》しようとしたけど、先輩《せんぱい》は真剣《しんけん》な表情《ひょうじょう》で、袋《ふくろ》の中身《なかみ》を見《み》つめている。

「どうしたんだ、天堂《てんどう》」

成瀬《なるせ》さんの問《と》いかけに、

「これは、人形《ひとがた》です」

天堂先輩《てんどうせんぱい》は低《ひく》い声《こえ》でこたえた。

それを聞《き》いて、成瀬《なるせ》さんが眉間《みけん》にしわを刻《きざ》む。

「ヒトガタって、なんですか？」

わたしは二人《ふたり》の顔《かお》を見《み》た。

「テキストを渡《わた》しただろ」

先輩《せんぱい》が呆《あき》れた顔《かお》でいった。

「テキストって、さっきの『オカルト図鑑《ずかん》』ですか？」

わたしは朝《あさ》よりも格段《かくだん》に重《おも》くなったカバンをちょっと持《も》ち上《あ》げて、

「さっき渡《わた》されたばかりで、読《よ》んでるわけないじゃないですか」

と反論《はんろん》した。

そんなやりとりをしていると、誰《だれ》かのおなかが、ぐう、と鳴《な》った。

みんなの顔《かお》を見回《みまわ》すと、成瀬《なるせ》さんが恥《は》ずかしそうにうつむいている。

天堂先輩《てんどうせんぱい》が、ふっと表情《ひょうじょう》をゆるめていった。

「いいラーメン屋《や》を知《し》ってるんですけど、よかったらどうですか？」

七

わたしと天堂先輩《てんどうせんぱい》は、成瀬《なるせ》さんの車《くるま》に乗《の》せてもらって、先輩《せんぱい》おすすめのラーメン屋《や》に向《む》かった。

〈めん処《どころ》　きりしま〉

わたしの父《とう》さんがやっている店《みせ》だ。

静流《しずる》さんは、いまからカポエイラの練習《れんしゅう》があるからと、先《さき》に帰《かえ》っていった。

〈きりしま〉は、カウンターが六席《せき》に、四人掛《にんが》けのテーブル席《せき》と二人掛《ふたりが》けのテーブル席《せき》がそれぞれ二つずつの小《ちい》さな店《みせ》で、まだ夕飯《ゆうはん》には早《はや》いせいか、お客《きゃく》さんはカウンター席《せき》に二人《ふたり》いるだけだった。

四人掛《にんが》けのテーブル席《せき》を囲《かこ》んで、わたしと成瀬《なるせ》さんはラーメンを、天堂先輩《てんどうせんぱい》は常連《じょうれん》だけに提供《ていきょう》されるまかないチャーハンを注文《ちゅうもん》した。

「これはうまいな」

成瀬《なるせ》さんは汗《あせ》をかきながら、あっという間《ま》に完食《かんしょく》すると、

「踏切《ふみきり》の近《ちか》くで、人間《にんげん》の左手《ひだりて》が発見《はっけん》されたと通報《つうほう》があったのは、今日《きょう》の昼過《ひるす》ぎのことだ」

デザートの杏仁豆腐《あんにんどうふ》を食《た》べながら、事件《じけん》の情報《じょうほう》を話《はな》し始《はじ》めた。

通報《つうほう》した人《ひと》によると、犬《いぬ》の散歩《さんぽ》をしていたら、犬《いぬ》がとつぜん興奮《こうふん》して土《つち》を掘《ほ》り返《かえ》すので、どうしたのかと思《おも》って見《み》てみると、人間《にんげん》の手《て》が埋《う》まっていたのだそうだ。

「警察《けいさつ》の人《ひと》が、高校生《こうこうせい》に捜査情報《そうさじょうほう》を話《はな》しちゃっていいんですか？」

わたしが心配《しんぱい》になっていうと、

「まあ、こいつは特別《とくべつ》だからな」

成瀬《なるせ》さんは苦笑《くしょう》して、天堂先輩《てんどうせんぱい》の肩《かた》を叩《たた》いた。

「それに、オカルト絡《がら》みの事件《じけん》についての裁量《さいりょう》は、わたしにある程度《ていど》まかされている」

「オカルトの絡《から》んだ事件《じけん》って、そんなに多《おお》いんですか？」

「普通《ふつう》は滅多《めった》にないんだろうが……」

この町《まち》は多《おお》いんだよ、と成瀬《なるせ》さんはいった。

「たしか、霊道《れいどう》が通《とお》ってるんだったか？」

成瀬《なるせ》さんに聞《き》かれて、先輩《せんぱい》はうなずいた。

霊道《れいどう》というのは、本来《ほんらい》は神様《かみさま》の通《とお》り道《みち》のことらしい。

神様《かみさま》が通《とお》ってるなら、安全《あんぜん》じゃないかと思《おも》うんだけど、実際《じっさい》は、この世《よ》とそうではないところとの境界《きょうかい》があいまいなので、いろんなものがあふれ出《で》てくるのだそうだ。

「それにしても、気《き》になるな」

成瀬《なるせ》さんは難《むずか》しい顔《かお》で腕《うで》を組《く》んだ。

オカルト研究会《けんきゅうかい》に依頼《いらい》のあった公園《こうえん》の幽霊《ゆうれい》も、静流《しずる》さんが相談《そうだん》を受《う》けた踏切《ふみきり》の幽霊《ゆうれい》も、どちらも「幽霊《ゆうれい》に関係《かんけい》したものが土《つち》に埋《う》められていた」という共通点《きょうつうてん》がある。

そのうえ、あの人形《ひとがた》だ。

いまは、先輩《せんぱい》が持《も》っている紫色《むらさきいろ》の巾着袋《きんちゃくぶくろ》の中《なか》に入《い》れられていて、後《あと》で詳《くわ》しく調《しら》べるのだそうだ。

「あの人形《ひとがた》に、なにか心当《こころあ》たりがあるのか?」

成瀬《なるせ》さんの言葉《ことば》に、先輩《せんぱい》はしばらくだまっていたけど、やがて、ふう、と息《いき》をつくと、

「二か所《しょ》だけだと、なんともいえませんね。三か所続《しょつづ》けばあるいは……」

そういって、わたしの顔《かお》を見《み》た。

「そういえば、幽霊《ゆうれい》トンネルの話《はなし》が残《のこ》ってたな」

「え、あ、はい」

とつぜん話《はなし》をふられて、わたしは慌《あわ》てた。

「幽霊《ゆうれい》トンネル？」

いぶかしげな顔《かお》をする成瀬《なるせ》さんに、久理子《くりこ》からの相談《そうだん》をあらためて説明《せつめい》する。

「なるほど。少《すこ》し毛色《けいろ》が違《ちが》う話《はなし》ではあるが……」

「そこで、成瀬《なるせ》さんにお願《ねが》いがあるんですが……」

先輩《せんぱい》が微笑《ほほえ》みながらいった。

「車《くるま》を貸《か》してもらえませんか？　できれば運転手付《うんてんしゅつ》きで」

「お前《まえ》だったら、運転手付《うんてんしゅつ》きの高級車《こうきゅうしゃ》ぐらい用意《ようい》できるだろう」

「予備調査《よびちょうさ》の段階《だんかい》で、あまり天堂家《てんどうけ》のものを使《つか》うわけにはいきませんから」

「警察《けいさつ》はいいのか」

成瀬《なるせ》さんは呆《あき》れた顔《かお》をしながらも、

「まあ、さっきの左手《ひだりて》の身元《みもと》の件《けん》では、助《たす》けてもらったしな」

そういって、わたしを見《み》た。

「いいだろう。そんなあやふやな話《はなし》では、警察車両《けいさつしゃりょう》を使《つか》うわけにはいかないから、わたしが車《くるま》を出《だ》してやるよ」

2章《しょう》

幽《ゆう》霊《れい》トンネルの真《しん》実《じつ》

一

その日《ひ》の夜《よる》。

わたしは成瀬《なるせ》さんが運転《うんてん》するピンクの軽自動車《けいじどうしゃ》の後部座席《こうぶざせき》に乗《の》って、幽霊《ゆうれい》トンネルへと向《む》かっていた。

助手席《じょしゅせき》には天堂先輩《てんどうせんぱい》が座《すわ》っている。

時刻《じこく》は午後《ごご》九時過《じす》ぎ。

肝試《きもだめ》しには少《すこ》し早《はや》いけど、中学《ちゅうがく》一年生《ねんせい》の女子《じょし》が外出《がいしゅつ》するには、じゅうぶんに遅《おそ》い時間《じかん》だ。

こんな時間《じかん》に出《で》かけることができるのも、天堂先輩《てんどうせんぱい》が、うちの親《おや》にやたらとうけがいいのと、成瀬《なるせ》さんが見《み》せた警察手帳《けいさつてちょう》のおかげだろう。

ある事件《じけん》の解決《かいけつ》のために、娘《むすめ》さんの協力《きょうりょく》が必要《ひつよう》なんです。決《けっ》して危険《きけん》な目《め》にはあわせません——凛《りん》とした成瀬《なるせ》さんの態度《たいど》に、うちの両親《りょうしん》も信用《しんよう》して送《おく》り出《だ》してくれた。

それに、事件《じけん》の解決《かいけつ》のためというのは、あながち嘘《うそ》ではない。

走行中《そうこうちゅう》の車《くるま》を外《そと》から叩《たた》くというのは、れっきとした危険行為《きけんこうい》であり、事故《じこ》につながりかねないからだ。

そして、オカルト研究会《けんきゅうかい》から持《も》ち込《こ》まれた事件《じけん》に関《かん》しては、警察《けいさつ》の対応《たいおう》は成瀬《なるせ》さんに一任《いちにん》されていた。

ちなみに静流先輩《しずるせんぱい》は、カポエイラに続《つづ》いてバンドの練習《れんしゅう》があるらしい。

「あの……成瀬《なるせ》さんと天堂先輩《てんどうせんぱい》って、どういうご関係《かんけい》なんでしょうか」

車《くるま》が出発《しゅっぱつ》して、しばらく経《た》ったところで、わたしは成瀬《なるせ》さんにたずねた。

成瀬《なるせ》さんは、バックミラー越《ご》しに、チラッとわたしと目《め》を合《あ》わせると、

「きみはたしか、この間《あいだ》の幽霊屋敷《ゆうれいやしき》の事件《じけん》のときにいた少女《しょうじょ》だったな」

といった。

少女《しょうじょ》という、なれない呼《よ》ばれ方《かた》に戸惑《とまど》いながら、わたしはこくりとうなずいた。

この間《あいだ》の事件《じけん》というのは、わたしが友《とも》だちに誘《さそ》われて肝試《きもだめ》しに行《い》った、〈呪《のろ》われた家事《いえじ》件《けん》〉のことだ。

その現場《げんば》となった家《いえ》で、過去《かこ》にどんな事件《じけん》が起《お》きていたのかを調《しら》べてくれたのが、成瀬《なるせ》さんだったのだ。

「あの学園《がくえん》の生徒《せいと》なら、門宮《かどみや》くんのことも知《し》ってるんじゃないか？」

「門宮《かどみや》……？」

誰《だれ》だったかな、と思《おも》っていると、

「悟《さとる》だよ」

先輩《せんぱい》が助手席《じょしゅせき》から助《たす》け舟《ぶね》を出《だ》してくれた。

「ああ、生徒会長《せいとかいちょう》さん」

わたしは、先輩《せんぱい》より一学年上《がくねんうえ》の、さわやかな生徒会長《せいとかいちょう》さんの顔《かお》を思《おも》い浮《う》かべた。

会長《かいちょう》さんの家《いえ》は、天堂家《てんどうけ》の遠縁《とおえん》として、代々天堂家《だいだいてんどうけ》のサポートをする役目《やくめ》を担《にな》っているらしい。

「うちの家系《かけい》も似《に》たようなものでね。元《もと》をたどれば、成瀬家《なるせけ》も門宮家同様《かどみやけどうよう》、天堂家《てんどうけ》とは遠《とお》い親戚《しんせき》にあたるらしいんだ」

とはいえ、成瀬《なるせ》さん自身《じしん》は、昔《むかし》から天堂先輩《てんどうせんぱい》のことを知《し》ってはいたものの、特《とく》に先輩《せんぱい》と親《した》しいわけではなかった。

ところが、三年前《ねんまえ》。

県警《けんけい》の刑事課《けいじか》に所属《しょぞく》していた成瀬《なるせ》さんに、「オカルト関係《かんけい》の事件《じけん》について天堂恭介《てんどうきょうすけ》から要《よう》請《せい》があったときは協力《きょうりょく》するように」という非公式《ひこうしき》の命令《めいれい》が下《くだ》ったのだそうだ。

三年前《ねんまえ》といえば、先輩《せんぱい》はまだ中学生《ちゅうがくせい》だったはずだ。

そんなころから、警察《けいさつ》を動《うご》かして、この町《まち》の心霊現象《しんれいげんしょう》を調査《ちょうさ》していたのか……。

「成瀬《なるせ》さんは、霊感《れいかん》はあるんですか？」

「ないわけじゃないが、あるともいえないな」

成瀬《なるせ》さんは、つかみどころのないこたえを返《かえ》してきた。

「まあ、しいていえば、勘《かん》がするどい、といったところか」

成瀬《なるせ》さんによると、幽霊《ゆうれい》が見《み》えるというよりは、対面《たいめん》して嫌《いや》な感《かん》じがする相手《あいて》が実《じつ》は犯人《はんにん》だったり、声《こえ》が聞《き》こえた気《き》がしてスーツケースを開《あ》けたら遺体《いたい》が入《はい》っていたり、といったことがたまに起《お》こるらしい。

「それで、協力《きょうりょく》させられてるんですか？」

「おい」

わたしの台詞《せりふ》に、先輩《せんぱい》が口《くち》をはさんだ。

「言《い》い方《かた》が悪《わる》いぞ」

「まあ、ややこしい事件《じけん》が起《お》こったときには、天堂《てんどう》に協力《きょうりょく》してもらうこともあるから、持《も》ちつ持《も》たれつだな」

成瀬《なるせ》さんはそういうと、ハンドルをぐいっと回《まわ》して、交差点《こうさてん》を左《ひだり》に曲《ま》がった。

ここから旧道《きゅうどう》に入《はい》るらしく、一気《いっき》に車《くるま》が少《すく》なくなる。

たしかに、幽霊《ゆうれい》が見《み》える人《ひと》がいれば、殺人事件《さつじんじけん》の捜査《そうさ》は楽《らく》だろうな、と思《おも》っていると、

「なにを考《かんが》えてるかは知《し》らないが、そう思《おも》い通《どお》りにはいかないぞ」

先輩《せんぱい》がこちらを振《ふ》り返《かえ》っていった。

「被害者《ひがいしゃ》の幽霊《ゆうれい》が、殺《ころ》されたときの状況《じょうきょう》を正確《せいかく》に理解《りかい》しているとは限《かぎ》らないし、なにより、自分《じぶん》が死《し》んだことに混乱《こんらん》して、会話《かいわ》が成立《せいりつ》しないことが多《おお》いからな」

「そうなんですか……って、どうしてわたしが考《かんが》えてたことがわかるんですか?」

「顔《かお》にかいてある」

先輩《せんぱい》は、持参《じさん》してきた小型《こがた》の保温《ほおん》ボトルでコーヒーを飲《の》みながら、あっさりとこたえた。

「そもそも、すべての死者《ししゃ》が幽霊《ゆうれい》になるわけじゃない。仮《かり》に殺《ころ》されたとしても、成仏《じょうぶつ》するやつの方《ほう》が多《おお》いんだ」

「わたしたちからすれば、犯人《はんにん》の名前《なまえ》をいってから成仏《じょうぶつ》してくれるのが、いちばんありがたいけどね」

成瀬《なるせ》さんが冗談《じょうだん》めかした口調《くちょう》でいった。

「それよりも、事件《じけん》が報告《ほうこく》されていない場所《ばしょ》で、幽霊《ゆうれい》を見《み》たという話《はなし》を聞《き》くほうが、緊張《きんちょう》

するな」

「どうしてですか?」

「たとえば、ある場所《ばしょ》で幽霊《ゆうれい》が目撃《もくげき》されたとして、そこで誰《だれ》かが死《し》んだとか、殺《ころ》されたという事件《じけん》の記録《きろく》がなかったとする。その場合《ばあい》、そこにはまだ知《し》られていない事件《じけん》が起《お》きた可能《かのう》性《せい》がある、ということになるんだ」

成瀬《なるせ》さんは一定《いってい》の速度《そくど》で車《くるま》を走《はし》らせながら、淡々《たんたん》と説明《せつめい》した。

「もちろん、幽霊《ゆうれい》が必《かなら》ずしも死《し》んだ場所《ばしょ》にあらわれるとは限《かぎ》らないがね。少《すく》なくとも、捜査《そうさ》のひとつの手掛《てが》かりにはなる」

「はあ……」

「ちなみに」

成瀬《なるせ》さんは、赤信号《あかしんごう》で車《くるま》を停《と》めると、わたしの方《ほう》に体《からだ》をひねって、

「さっき署《しょ》で調《しら》べてきたんだが、あのトンネルで過去《かこ》に炎上事故《えんじょうじこ》が起《お》きて死者《ししゃ》が出《で》たという記録《きろく》はなかったぞ」

といった。

「――――え?」

思《おも》いがけない情報《じょうほう》に、わたしは呆気《あっけ》にとられた。

「じゃあ、久理子《くりこ》のお兄《にい》さんが美咲《みさき》さんから聞《き》いた話《はなし》は……」

「フィクションだろ」

先輩《せんぱい》がばっさりといった。

「事故《じこ》があったトンネルで幽霊《ゆうれい》が出《で》るんじゃなくて、先《さき》に幽霊《ゆうれい》が出《で》るって話《はなし》があって、事故《じこ》の話《はなし》が後付《あとづ》けされたんだ」

「でも、車《くるま》についた手形《てがた》は……」

「それもよくある話《はなし》だが……」

先輩《せんぱい》は、ちょっと考《かんが》えてから、

「そっちは、本当《ほんとう》に体験《たいけん》した可能性《かのうせい》が高《たか》いと思《おも》う」

といった。

「そうなんですか？」

「体験者《たいけんしゃ》との距離《きょり》が近《ちか》いからな」

「距離《きょり》？」

「フォアフは知《し》ってるか？」

先輩《せんぱい》はとつぜん、あくびみたいな声《こえ》を出《だ》した。

「ふぉあ……なんですか？」

「まだテキストを読《よ》んでないのか？」

「あれ、五百ページもあるんですよ。読《よ》めるわけないじゃないですか」

「小学生《しょうがくせい》向《む》けだから、難《むずか》しい漢字《かんじ》には読《よ》みがながついてるだろ」

「漢字《かんじ》の問題《もんだい》じゃありません」

ふふっと声《こえ》が聞《き》こえたので、顔《かお》を向《む》けると、成瀬《なるせ》さんが運転《うんてん》しながら笑《わら》っている。

先輩《せんぱい》は気《き》を取《と》り直《なお》すようにして説明《せつめい》をはじめた。

「フォアフってのは、フレンド・オブ・ア・フレンドの略《りゃく》だ。意味《いみ》はわかるか？」

「え、えっと……友《とも》だちの友《とも》だち？」

「こんな簡単《かんたん》な英語《えいご》で、不安《ふあん》そうにするな。都市伝説《としでんせつ》の決《き》まり文句《もんく》だ。この手《て》の話《はなし》はたいてい『友《とも》だちの友《とも》だちから聞《き》いたんだけど……』という前置《まえお》きではじまる。ところが、実際《じっさい》にその友《とも》だちに会《あ》おうとしたら、その友《とも》だちもまた、友《とも》だちの友《とも》だちから聞《き》いたといいだすんだ」

要《よう》するに、怪談《かいだん》や都市伝説《としでんせつ》の多《おお》くは、どこまでさかのぼっても実際《じっさい》に体験《たいけん》した人《ひと》に会《あ》うことはできない、という意味《いみ》らしい。

「その新入生《しんにゅうせい》の女《おんな》が話《はな》したという噂話《うわさばなし》は、典型的《てんけいてき》なフォアフで、おそらく実際《じっさい》に体験《たいけん》したやつは見《み》つけられないだろうな。だが、同級生《どうきゅうせい》の兄《あに》ってのは、会《あ》おうと思《おも》えば会《あ》えるだろ？　そんな近《ちか》い距離《きょり》で嘘《うそ》をついたら、すぐに嘘《うそ》がばれてしまう。だから、その体験《たいけん》には信《しん》ぴょう性《せい》があると判断《はんだん》したんだ」

たしかに、トンネルの体験談《たいけんだん》に関《かん》しては、どこかの誰《だれ》かではなく、体験者《たいけんしゃ》の身元《みもと》がはっきりしている。

「それじゃあ、首無《くびな》しライダーとか、二人乗《ふたりの》りの事故《じこ》の話《はなし》も都市伝説《としでんせつ》なんでしょうか」

わたしの言葉《ことば》に反応《はんのう》したのは、成瀬《なるせ》さんだった。

「首無《くびな》しライダー？　なんの話《はなし》だ？」

車《くるま》はいつのまにか山道《さんどう》に入《はい》り、街灯《がいとう》の少《すく》ない片側《かたがわ》一車線《しゃせん》の細《ほそ》い道《みち》が、うねうねと曲《ま》がっている。

わたしは久理子《くりこ》から聞《き》いた、バイクにまつわる二つの怪談《かいだん》を話《はな》した。

久理子《くりこ》のお兄《にい》さんが体験《たいけん》した話《はなし》ではなく、トンネルに向《む》かう車内《しゃない》で語《かた》られた怪談《かいだん》で、まさに〈フォアフ〉なのだが、成瀬《なるせ》さんはしばらく考《かんが》えて、

「どちらかといえば、そっちに近《ちか》い事故《じこ》ならあったぞ」

といった。

「バイクの事故《じこ》ですか?」

天堂先輩《てんどうせんぱい》が聞《き》き返《かえ》す。成瀬《なるせ》さんは「ああ」とうなずいてから話《はな》し出《だ》した。

この道《みち》は、幅《はば》が狭《せま》いうえにカーブが多《おお》く、大型《おおがた》のトラックなどもよく行《い》き来《き》するため、ずっと危険《きけん》だといわれていた。

数年前《すうねんまえ》にバイパスが通《とお》って新道《しんどう》ができたことで、ようやくここを通《とお》らなくても山《やま》を越《こ》えることができるようになったのだ。

新道《しんどう》は道幅《みちはば》が広《ひろ》く、カーブも少《すく》ないうえに、時間《じかん》も短《みじか》くてすむので、いまでは旧道《きゅうどう》を使《つか》う車《くるま》はほとんどいない。

ところが、一部《いちぶ》のライダーにとっては、腕試《うでだめ》しにちょうどいいらしく、無茶《むちゃ》な走《はし》りをするバイクがあとを絶《た》たなかった。

「たしか、三、四年《ねん》くらい前《まえ》だったかな。高校生《こうこうせい》の二人乗《ふたりの》りのバイクがカーブで事故《じこ》を起《お》こして、運転《うんてん》していた男《おとこ》は軽傷《けいしょう》ですんだけど、後部座席《こうぶざせき》に乗《の》っていた女《おんな》の子《こ》が、頭《あたま》を強《つよ》く打《う》って重傷《じゅうしょう》を負《お》ったことがあったんじゃなかったかな」

さすがに首《くび》が切《き》れたわけではなかったけれど、その事故《じこ》がきっかけで取《と》り締《し》まりが厳《きび》しくなり、無茶《むちゃ》な走《はし》りをするバイクは減《へ》ったらしい。

「そのときの事故《じこ》が、走《はし》り屋《や》の間《あいだ》では、首無《くびな》しライダーに追《お》い抜《ぬ》かれて事故《じこ》ったんじゃないか、みたいな怪談《かいだん》になっていると、交通課《こうつうか》の同期《どうき》から聞《き》いたことはある」

「それって、トンネルの中《なか》で起《お》きたんですか？」

わたしが聞《き》くと、

「いや、第二《だいに》トンネルよりもだいぶ手前《てまえ》だったはずだ」

成瀬《なるせ》さんはそういって、小《ちい》さく肩《かた》をすくめた。

どちらにしても、バイクの単独事故《たんどくじこ》しか起《お》きていないのなら、トンネルの怪談《かいだん》とは関係《かんけい》なさそうだ。

二

「見《み》えてきたぞ」

先輩《せんぱい》の言葉《ことば》に顔《かお》をあげると、フロントガラスの向《む》こうに、暗《くら》いトンネルの入《い》り口《ぐち》が近《ちか》づいてくるのが見《み》えた。

ヘッドライトの光《ひかり》が、黒《くろ》い半円《はんえん》に吸《す》い込《こ》まれていく。

成瀬《なるせ》さんは減速《げんそく》すると、トンネルの手前《てまえ》にあった、ちょうど車《くるま》一台分《だいぶん》くらいのスペースに車《くるま》を寄《よ》せて停《と》めた。

「たしか、ここでクラクションを鳴《な》らすんだったな」

そういって、ハンドルのクラクションに手《て》をかける。

「でも、まだ零時《れいじ》じゃありませんよ」

わたしが成瀬《なるせ》さんに声《こえ》をかけると、

「なにいってるんだ」

天堂先輩《てんどうせんぱい》が呆《あき》れた顔《かお》でいった。

「さっき、事故《じこ》はなかったっていってただろ。だったら、時間《じかん》の情報《じょうほう》もあてにはならない」

いわれてみれば、たしかにそうだ。

「でも、それならクラクションも意味《いみ》がないんじゃ……」

「まあ、いいじゃないか」

成瀬《なるせ》さんがわずかに笑《え》みを浮《う》かべた。

「景気《けいき》づけだよ」

プッ、プッ、プ――――ッ！

三回目《かいめ》を高《たか》らかに伸《の》ばして、後続車《こうぞくしゃ》が来《こ》ないことを確認《かくにん》すると、成瀬《なるせ》さんはゆっくりと車《くるま》をスタートさせた。

車《くるま》がまるで生《い》き物《もの》の口《くち》にのみ込《こ》まれるように、トンネルの中《なか》に入《はい》っていく。

全長《ぜんちょう》千二百メートルのトンネルを、時速《じそく》二十キロから三十キロで走《はし》っているので、走《はし》り抜《ぬ》けるまでは、たぶん二、三分《ぶん》だろう。

明《あ》かりが少《すく》ないのか、全体的《ぜんたいてき》に暗《くら》くて不気味《ぶきみ》な雰囲気《ふんいき》がただよっている。

前《まえ》の二人《ふたり》は、トンネルに入《はい》ってから一言《ひとこと》もしゃべっていなかった。

わたしも沈黙《ちんもく》を破《やぶ》る気《き》になれず、ただじっと前《まえ》を見《み》つめていた。

たぶん、実際《じっさい》には三分《ぶん》も経《た》っていないけど、体感《たいかん》としては十分《ぷん》ほどかかって、ようやく前方《ぜんぽう》に明《あ》かりが見《み》えてきた。

外《そと》も夜《よる》だから暗《くら》いんだけど、トンネルの中《なか》はなんだか独特《どくとく》の暗《くら》さ――というか、重苦《おもくる》しさがある。

車《くるま》が何事《なにごと》もなくトンネルを出《で》て、わたしは体中《からだじゅう》にためこんでいた息《いき》を、一気《いっき》にはーっと吐《は》き出《だ》した。

「なにも起《お》こりませんでしたね」

わたしがホッとして、二人《ふたり》に話《はな》しかけると、

「やばいな」

成瀬《なるせ》さんが顔《かお》をしかめた。

「やばいですね」

先輩《せんぱい》も険《けわ》しい顔《かお》をする。

「どうしたんですか？」

意外《いがい》な反応《はんのう》に、わたしが後部座席《こうぶざせき》からたずねると、

「見《み》ろ」

先輩《せんぱい》は前方《ぜんぽう》を指《ゆび》さした。

フロントガラスの向《む》こうで、ヘッドライトに照《て》らされているのは、さっきとよく似《に》たトンネルの入《い》り口《ぐち》だった。

さっきのが〈第《だい》二トンネル〉だったから、今度《こんど》は〈第《だい》三トンネル〉かな、と思《おも》ってプレートに目《め》を凝《こ》らすと、そこには〈名越第《なごしだい》二トンネル〉の名前《なまえ》があった。

「あれ？　プレートが間違《まちが》ってませんか？」

わたしの言葉《ことば》に、成瀬《なるせ》さんは首《くび》を横《よこ》に振《ふ》って、それから道《みち》の真《ま》ん中《なか》で車《くるま》を停《と》めた。

「どうする？」

成瀬《なるせ》さんは前《まえ》を見《み》つめたまま、先輩《せんぱい》に聞《き》いた。

「そうですね」

先輩《せんぱい》はしばらく考《かんが》えていたけど、やがて、ふう、と息《いき》をついて、

「とりあえず、同《おな》じように三回鳴《かいな》らしてから入《はい》ってみましょうか」

といった。

「了解《りょうかい》」


プッ、プッ、プ――――ッ！

クラクションを高《たか》らかに鳴《な》らして、チラッと後方《こうほう》を確認《かくにん》してから、成瀬《なるせ》さんはアクセルを

名越第二トンネル

踏《ふ》みこんだ。

車《くるま》はさっきよりもゆっくりとした速度《そくど》で、トンネルに入《はい》っていく。

会話《かいわ》どころか、息《いき》も止《と》めているような沈黙《ちんもく》の中《なか》、車《くるま》はなにごともなくトンネルを通《とお》り抜《ぬ》けて、また夜空《よぞら》の下《した》を走《はし》り出《だ》した。

いまのはいったい、なんだったんだろう。よく似《に》た別《べつ》のトンネルだったのだろうか――車《しゃ》内《ない》の重《おも》い雰囲気《ふんいき》に、わたしが疑問《ぎもん》を口《くち》にだせずにいると、先輩《せんぱい》が、チッと舌打《したう》ちをした。

フロントガラスの向《む》こうに近《ちか》づいてくる光景《こうけい》に、わたしは目《め》を疑《うたが》って、

「ええ？」

と思《おも》わず声《こえ》をあげた。

山《やま》の中《なか》にあらわれたのは、さっきと同《おな》じトンネルの入《い》り口《ぐち》だったのだ。

プレートにはやはり、〈名越第二《なごしだいに》トンネル〉と書《か》かれている。

「このまま行《い》くぞ」

成瀬《なるせ》さんはそういうと、クラクションを鳴《な》らさずに、トンネルに進入《しんにゅう》した。

今度《こんど》は速度《そくど》をあげて、一気《いっき》に走《はし》り抜《ぬ》けようとする。

前方《ぜんぽう》に出口《でぐち》が見《み》えてきて、気《き》をゆるめかけた瞬間《しゅんかん》、

ガンッ！

なにかが思《おも》い切《き》り天井《てんじょう》に当《あ》たる音《おと》がした。

まるで、大《おお》きな落石《らくせき》があったような衝撃《しょうげき》に、車《くるま》がぐらりと揺《ゆ》れて、成瀬《なるせ》さんがハンドルを握《にぎ》りなおす。

車《くるま》はさらに加速《かそく》して、逃《に》げるようにトンネルを飛《と》び出《だ》した。

ホッとしている間《ま》もなく、また幽霊《ゆうれい》トンネルの入《い》り口《ぐち》が迫《せま》ってくる。

成瀬《なるせ》さんがうんざりした顔《かお》で「どうする？」と天堂先輩《てんどうせんぱい》にきいた。

「このままだと、一晩中《ひとばんじゅう》、幽霊《ゆうれい》トンネルをくぐり続《つづ》けるはめになるぞ」

「そうなりそうですね」

先輩《せんぱい》は肩《かた》をすくめて、

「次《つぎ》にトンネルに入《はい》ったら、ぼくが指示《しじ》したところで、車《くるま》を停《と》めてください」

といった。

成瀬《なるせ》さんは無言《むごん》でうなずいて、速度《そくど》を少《すこ》し落《お》としながらトンネルに入《はい》った。

すると、入《はい》ってほんの数秒《すうびょう》で、今度《こんど》は天井《てんじょう》だけではなく、車《くるま》のあちこちから、

バンバンバンバンッ！


と激《はげ》しく叩《たた》かれる音《おと》が聞《き》こえてきた。

窓《まど》ガラスが、白《しろ》い手形《てがた》で埋《う》まっていく。

「きゃあっ！」

わたしが体《からだ》を丸《まる》めて悲鳴《ひめい》をあげていると、

「成瀬《なるせ》さん！」

先輩《せんぱい》が叫《さけ》んだ。

トンネルの半《なか》ばを過《す》ぎたあたりで、車《くるま》が急停車《きゅうていしゃ》する。

先輩《せんぱい》はシートベルトを外《はず》してドアを開《あ》けると、

「お前《まえ》は絶対《ぜったい》に出《で》てくるなよ」

わたしにそういい残《のこ》して、車《くるま》の外《そと》に出《で》た。

とたんにシンと静《しず》まり返《かえ》る。

おそるおそる窓《まど》から外《そと》をのぞくと、先輩《せんぱい》は道路《どうろ》の真《ま》ん中《なか》にしゃがみこんで、地面《じめん》に手《て》を当《あ》てて、なにか呪文《じゅもん》のようなものをとなえていた。

なにをしているんだろう、と目《め》をこらしていたわたしは、トンネルの天井《てんじょう》から、白《しろ》くて細《ほそ》い手《て》が何本《なんぼん》も下《お》りてくるのを見《み》つけてハッとした。

先輩《せんぱい》は気《き》づいていないみたいだ。

白《しろ》い手《て》が先輩《せんぱい》の首《くび》に伸《の》びる

「先輩《せんぱい》！」

わたしは車《くるま》を飛《と》び出《だ》した。

「馬鹿《ばか》！　出《で》るなっていっただろ！」

先輩《せんぱい》の声《こえ》が、なぜか真後《まうし》ろから聞《き》こえてくる。

「え？」

わたしが振《ふ》り返《かえ》ると、先輩《せんぱい》があわてて駆《か》け寄《よ》ってきた。

それじゃあ、わたしが助《たす》けようとしたのは……。

視線《しせん》を戻《もど》すと、しゃがんでいた先輩《せんぱい》は、こちらを向《む》いて、にやりと笑《わら》った。

そして、ぐにゃりと溶《と》けるように、トンネルの床《ゆか》に吸《す》い込《こ》まれていった。

呆然《ぼうぜん》と立《た》ち尽《つ》くすわたしの耳《みみ》に、

「……遊《あそ》ぼうよ……遊《あそ》ぼ……うよ……」

「遊《あそ》…ぼうよ……遊《あそ》……ぼう…よ……」

「…遊《あそ》ぼう…よ……遊《あそ》ぼう…よ……」


子《こ》どもの声《こえ》が、何重《なんじゅう》にもなって聞《き》こえてきた。

声《こえ》の主《ぬし》をさがして見上《みあ》げると、天井《てんじょう》からわたしに向《む》かって、無数《むすう》の白《しろ》い手《て》がおりてくる。

その光景《こうけい》に凍《こお》りついていたわたしの体《からだ》が、急《きゅう》に宙《ちゅう》に浮《う》いて、わたしは「きゃあっ！」と悲《ひ》鳴《めい》をあげた。

先輩《せんぱい》が、わたしを横抱《よこだ》きにしていたのだ。

とつぜんのお姫様抱《ひめさまだ》っこに、ドキドキするひまもなく、わたしの体《からだ》はまるで荷物《にもつ》のように、車《くるま》の後部座席《こうぶざせき》に放《ほう》り込《こ》まれた。

「いたたたた……」

わたしは腰《こし》をおさえながら、体《からだ》を起《お》こそうとしたけど、

「出《だ》してください！」

先輩《せんぱい》が助手席《じょしゅせき》に乗《の》り込《こ》みながら叫《さけ》んだ。

「了解《りょうかい》」

成瀬《なるせ》さんが一気《いっき》にアクセルを踏《ふ》み込《こ》んだせいで、不安定《ふあんてい》な体勢《たいせい》だったわたしは、シートの上《うえ》を転《ころ》がった。

バンバンと車体《しゃたい》を叩《たた》く白《しろ》い手《て》を振《ふ》り切《き》るようにして、トンネルを脱出《だっしゅつ》する。

そのまま速度《そくど》を落《お》とすことなく、カーブの多《おお》い山道《さんどう》を走《はし》り続《つづ》けたけど、もう第《だい》二トンネルはあらわれなかった。

車《くるま》が旧道《きゅうどう》を抜《ぬ》けて、ふもとのコンビニの駐車場《ちゅうしゃじょう》で停《と》まるまで、わたしは座席《ざせき》の上《うえ》を右《みぎ》へ左《ひだり》へと転《ころ》がり続《つづ》けた。

「大丈夫《だいじょうぶ》か？」

車《くるま》を降《お》りた成瀬《なるせ》さんが、ドアを開《あ》けて、わたしの顔《かお》をのぞきこむ。

「――気分《きぶん》が悪《わる》いです」

わたしは成瀬《なるせ》さんの手《て》を借《か》りて、よろよろと車《くるま》を降《お》りた。

夜風《よかぜ》に当《あ》たって、何度《なんど》も深呼吸《しんこきゅう》をしていると、

「だから車《くるま》から出《で》るなっていっただろ」

先輩《せんぱい》が腰《こし》に手《て》を当《あ》てて、怒《おこ》っているような呆《あき》れているような顔《かお》でいった。

「すみません……」

わたしはうなだれながら、

「あれはなんだったんですか？」

と聞《き》いた。

「きみたちはいったい、なにを見《み》たんだ？」

成瀬《なるせ》さんが、わたしの質問《しつもん》にかぶせるように問《と》いかける。

先輩《せんぱい》は、はあ、と大《おお》きなため息《いき》をつくと、

「とりあえずなにか飲《の》み物《もの》でも買《か》って、こいつをふきとってから話《はなし》をしましょう」

そういって、小《ちい》さな手形《てがた》でいっぱいの車体《しゃたい》に目《め》をやった。

三

コンビニで買《か》ったペットボトルの水《みず》を飲《の》み干《ほ》すと、ようやく気分《きぶん》が少《すこ》し楽《らく》になった。

「すぐに帰《かえ》らなくて大丈夫《だいじょうぶ》か？」

気遣《きづか》ってくれる成瀬《なるせ》さんに、わたしは笑顔《えがお》でうなずいた。

「はい。むしろ、ここでしばらく風《かぜ》に当《あ》たっていたほうが、気持《きも》ちがいいので」

「そうか」

成瀬《なるせ》さんはホッとしたように表情《ひょうじょう》をゆるめると、先輩《せんぱい》に向《む》き直《なお》った。

「それで、いったいなにが起《お》こったんだ？」

先輩《せんぱい》は持参《じさん》したボトルのコーヒーを一口《ひとくち》飲《の》むと、

「あのトンネルの上《うえ》には、もともとお墓《はか》があったんですよ」

ようやくきれいになった車《くるま》を見《み》ながら、そんな風《ふう》に話《はなし》を切《き》り出《だ》した。

先輩《せんぱい》が事前《じぜん》に調《しら》べたところによると、名越第二《なごしだい》トンネルの真上《まうえ》には、江戸時代《えどじだい》の中期《ちゅうき》につくられた広《ひろ》い墓地《ぼち》があったらしい。

そしてそこには、飢饉《ききん》のときに命《いのち》を落《お》とした、多《おお》くの幼《おさな》い子《こ》どもの亡骸《なきがら》が埋《う》められていた。

まだ土葬《どそう》の時代《じだい》だったので、大量《たいりょう》の骨《ほね》が埋《う》まっていたわけだ。

しかも、正式《せいしき》な墓地《ぼち》ではなく、地元《じもと》の人《ひと》が自分《じぶん》たちでつくった非公式《ひこうしき》の墓地《ぼち》だったので、きちんとした記録《きろく》が残《のこ》っていなかった。

そのため、トンネル工事《こうじ》のときに、骨《ほね》を別《べつ》の場所《ばしょ》に移《うつ》すなどの措置《そち》がじゅうぶんにとられなかったのだ。

「それじゃあ、さっきの手《て》は……」

わたしは、あの白《しろ》い手《て》を思《おも》い出《だ》した。

「ああ」

先輩《せんぱい》が苦々《にがにが》しげに顔《かお》をしかめた。

「トンネルの上《うえ》に骨《ほね》が残《のこ》されたままの、子《こ》どもの手《て》だろうな」

いまから思《おも》えば、あの手《て》は危害《きがい》をあたえるというより、ふざけているような感《かん》じだった。

車《くるま》を叩《たた》いたのも、彼《かれ》らにとってはいたずらをするくらいの感覚《かんかく》だったのだろう。

「しかし、トンネルができてから、何《なん》十年《ねん》も経《た》っているんだぞ。どうしていままで問題《もんだい》にならなかったんだ」

腕《うで》を組《く》んで車《くるま》にもたれかかりながら、成瀬《なるせ》さんが聞《き》いた。

「結局《けっきょく》、生《い》きている人間《にんげん》の方《ほう》が強《つよ》いですから」

先輩《せんぱい》はこたえた。

「多《おお》くの生者《せいじゃ》がいるところには、幽霊《ゆうれい》はなかなか出《で》られないんです。ところが、新道《しんどう》ができて、こちらの交通量《こうつうりょう》が一気《いっき》に減《へ》ったので、ようやく彼《かれ》らも、車《くるま》がほとんど通《とお》らない夜中《よなか》なら出《で》られるようになったんでしょう」

ちなみに、真夜中《まよなか》でもないのにわたしたちの前《まえ》にあらわれたのは、わたしたちの霊感《れいかん》に反《はん》応《のう》したのだろう、ということだった。

「自分《じぶん》たちのことが、ちゃんと見《み》える人間《にんげん》がやってきたから、遊《あそ》んでほしくて、いつもよりも激《はげ》しくじゃれてきたんですよ」

先輩《せんぱい》には、白《しろ》い手《て》だけではなく、天井近《てんじょうちか》くに浮《う》かぶ子《こ》どもたちの顔《かお》が見《み》えていたらしい。白《しろ》い顔《かお》にぽかんと穴《あな》が開《あ》いたような目《め》をしたその顔《かお》は、笑《わら》っているみたいに見《み》えたそうだ。

この展開《てんかい》をある程度予測《ていどよそく》していた先輩《せんぱい》は、昔《むかし》ながらの製法《せいほう》でつくられている飴玉《あめだま》を、大《たい》量《りょう》に準備《じゅんび》しておいた。

さっき、トンネルの途中《とちゅう》で車《くるま》を降《お》りたのは、その飴玉《あめだま》をばらまいて、子《こ》どもたちの注意《ちゅうい》を引《ひ》き付《つ》けるためだったのだ。

話《はなし》を聞《き》き終《お》わって、わたしは暗《くら》い夜空《よぞら》を背景《はいけい》に、影絵《かげえ》のように黒《くろ》くそびえる山《やま》を振《ふ》り返《かえ》った。

子《こ》どもたちは、何十年《なんねん》も――もしかしたら、何百年《なんねん》も、あの山《やま》でちゃんと供養《くよう》されることもなく、誰《だれ》かが遊《あそ》んでくれるのを待《ま》っていたのだ。

わたしがため息《いき》をついていると、

「同情《どうじょう》は危《あぶ》ないぞ」

先輩《せんぱい》の鋭《するど》い声《こえ》がとんできた。

「子《こ》どもで無邪気《むじゃき》だからこそ、悪気《わるぎ》なくあちらへ連《つ》れて行《い》こうとする。子《こ》どもだから飴玉《あめだま》に気《き》はとられるが、子《こ》どもだから理屈《りくつ》で説得《せっとく》するのは難《むずか》しい。おれたちができるのは、ここまでだ」

先輩《せんぱい》はそういって、成瀬《なるせ》さんを見《み》た。

成瀬《なるせ》さんは「わかっている」とうなずいて、

「こちらで僧侶《そうりょ》を手配《てはい》して、対応《たいおう》しよう」

といった。

四

山《やま》から吹《ふ》き下《お》ろす風《かぜ》が、少《すこ》し肌寒《はださむ》くて、わたしがぶるっと身震《みぶる》いしたのを見《み》て、

「そろそろ帰《かえ》ろうか」

成瀬《なるせ》さんが、運転席《うんてんせき》に乗《の》り込《こ》んだ。

わたしも後部座席《こうぶざせき》のドアを開《あ》けたところで、ふと動《うご》きを止《と》めた。

「——どうした？」

先輩《せんぱい》に聞《き》かれて、

「いま思《おも》い出《だ》したんですけど……」

わたしは、久理子《くりこ》のお兄《にい》さんたちがトンネルに入《はい》ったとき、車《くるま》の内側《うちがわ》にひとつだけ手形《てがた》がついていたことを指摘《してき》した。

「そういえば……」

先輩《せんぱい》は車体《しゃたい》を見回《みまわ》した。

さっき、目《め》に見《み》えるところについた手形《てがた》はすべてふきとったので、いまはひとつも残《のこ》って

いない。

そして、わたしたちの誰《だれ》も、車《くるま》の内側《うちがわ》につけられた手形《てがた》を見《み》ていなかった。

「それって、子《こ》どもの霊《れい》を連《つ》れ帰《かえ》った、っていうことなんでしょうか」

「どうかな」

先輩《せんぱい》は眉《まゆ》を寄《よ》せて、

「その後《あと》、車《くるま》の持《も》ち主《ぬし》にはなにか起《お》こってないのか？」

といった。

「そこまでは……」

わたしは首《くび》を振《ふ》った。

とにかく、ここで話《はなし》をしていても仕方《しかた》がない。

「明日《あす》、学校《がっこう》に行《い》ったら久理子《くりこ》に聞《き》いてみます」

わたしの言葉《ことば》が結論《けつろん》になって、わたしたちは車《くるま》に乗《の》りこむと、名越峠《なごしとうげ》をあとにした。

3章《しょう》

消《き》えた天《てん》堂《どう》

一

幽霊《ゆうれい》トンネルから帰《かえ》ってきた、次《つぎ》の日《ひ》の朝《あさ》。

始業《しぎょう》のチャイムが鳴《な》る三分前《ぷんまえ》に、教室《きょうしつ》に滑《すべ》り込《こ》んで、大《おお》きなあくびをしていると、

「亜希《あき》、今日《きょう》は朝練《あされん》どうしたの？」

久理子《くりこ》に肩《かた》を叩《たた》かれた。

「ゆうべ、ちょっと遅《おそ》くて……」

言《い》いわけの途中《とちゅう》で、またあくびが出《で》そうになる。

自宅《じたく》のマンションに帰《かえ》ったのは十時半《じはん》ごろだったので、それほど遅《おそ》くはなかったんだけど、いろいろあって興奮《こうふん》していたのか、なかなか眠《ねむ》れなかったのだ。

「それで、幽霊《ゆうれい》トンネルの話《はなし》なんだけどね……」

わたしが昨夜《さくや》の調査結果《ちょうさけっか》を話《はな》そうとすると、

「あ、そうそう。わたしも亜希《あき》に話《はな》さないといけないことがあるの」

久理子《くりこ》は胸《むね》の前《まえ》で手《て》を合《あ》わせて、

「ごめん。あの話《はなし》、もう大丈夫《だいじょうぶ》みたい」

といった。

「え？」

「お兄《にい》ちゃんが、元気《げんき》になったの」

どうやら、風邪《かぜ》を引《ひ》いていただけだったみたいで、昨日《きのう》、家《いえ》に帰《かえ》ったら、すっかり元気《げんき》になっていたのだそうだ。

「あ、そうなんだ……」

わたしはなんて返《かえ》していいかわからず、言葉《ことば》をにごした。

そういわれてしまうと、報告《ほうこく》しにくい。

もともと、久理子《くりこ》のお兄《にい》さんが体調《たいちょう》を崩《くず》している原因《げんいん》が幽霊《ゆうれい》トンネルにあるかもしれないので、それについて調《しら》べてほしい、という依頼《いらい》だったのだ。

お兄《にい》さんが回復《かいふく》したら、調《しら》べる意味《いみ》がなくなってしまう。

それでも一応《いちおう》、報告《ほうこく》した方《ほう》がいいのかな……と思《おも》っていると、

「亜希《あき》ちゃん」

教室《きょうしつ》の入《い》り口《ぐち》で、聞《き》き慣《な》れた声《こえ》がした。

「あ、静流《しずる》さん」

わたしがドアのところに行《い》くと、

「この間《あいだ》の依頼人《いらいにん》って、どの子《こ》？」

静流《しずる》さんはそういって、教室《きょうしつ》の中《なか》をのぞきこんだ。

わたしは久理子《くりこ》を呼《よ》んで、静流《しずる》さんに紹介《しょうかい》した。

「ああ、あなたが肝試《きもだめ》しに参加《さんか》した大学生《だいがくせい》の妹《いもうと》さんね」

校内《こうない》でも有名《ゆうめい》な高等部《こうとうぶ》の美少女《びしょうじょ》に、とつぜん話《はな》しかけられて、久理子《くりこ》は緊張《きんちょう》した様子《ようす》で、

「は、はい」

とうなずいた。

「ちょっと話《はな》したいことがあって……悪《わる》いんだけど、放課後《ほうかご》に部室《ぶしつ》まで来《き》てもらえないかな」

二

その日《ひ》の放課後《ほうかご》。

授業《じゅぎょう》が終《お》わると、わたしは久理子《くり こ》といっしょに北校舎《きたこうしゃ》の部室《ぶしつ》に向《む》かった。

ノックをしても返事《へんじ》がないけど、タカタカタカタカとなにかを叩《たた》くような音《おと》が聞《き》こえてくるので、誰《だれ》かはいるみたいだ。

「失礼《しつれい》しまーす」

わたしがドアを開《あ》けると、静流《しずる》さんがひとり、スティックで長机《ながづくえ》を叩《たた》いて、ドラムの練《れん》習《しゅう》をしていた。

ワイヤレスイヤホンをつけている静流《しずる》さんに、

「こんにちは」

わたしは声《こえ》をかけながら、顔《かお》の前《まえ》でひらひらと手《て》を振《ふ》った。

「ああ、ごめんごめん。ライブの本番《ほんばん》が近《ちか》いから、練習《れんしゅう》してたの」

静流《しずる》さんはイヤホンを外《はず》して、スティックを片付《かたづ》けた。

「いらっしゃい。どうぞ、座《すわ》って」

わたしたちが向《む》かいに並《なら》んで座《すわ》るのを待《ま》って、静流《しずる》さんは話《はなし》を切《き》り出《だ》した。

「わざわざ悪《わる》かったわね。ちょっと、気《き》になる話《はなし》を聞《き》いたものだから……」

「気《き》になる話《はなし》？」

わたしは聞《き》き返《かえ》した。

「なんですか？」

「昨日《きのう》、カポエイラのあと、バンドの練習《れんしゅう》でスタジオに行《い》ったんだけどね……」

そこに、大学生《だいがくせい》のガールズバンドが練習《れんしゅう》に来《き》ていたらしい。

「そのバンドとは、何度《なんど》かライブでいっしょになったことがあって、もともと顔見知《かおみし》りだったんだけど、休憩《きゅうけい》してたら、ボーカルの女《おんな》の子《こ》が相談《そうだん》があるっていってきて……」

それはれいによって、心霊系《しんれいけい》の相談《そうだん》だった。

「その子《こ》、大学《だいがく》に入《はい》ったばかりで、美咲《みさき》さんっていうのよ」

わたしと久理子《くりこ》は顔《かお》を見合《みあ》わせた。

「静流《しずる》さん、それって……」

わたしの言葉《ことば》に、静流《しずる》さんはうなずいた。

「昨日《きのう》、亜希《あき》ちゃんが話《はな》してくれた、幽霊《ゆうれい》トンネルの話《はなし》に出《で》てきた女《おんな》の子《こ》だと思《おも》う」

美咲《みさき》さんから聞《き》いた話《はなし》は、久理子《くりこ》のお兄《にい》さんの話《はなし》と、視点《してん》が違《ちが》うだけで、ほぼ同《おな》じだった。

違《ちが》うのは、美咲《みさき》さん自身《じしん》はそれほどドライブに乗《の》り気《き》ではなかったけど、島田先輩《しまだせんぱい》が強引《ごういん》だったので、断《ことわ》るのが面倒《めんどう》で付《つ》き合《あ》った、というところぐらいだ。

「美咲《みさき》さん、その島田《しまだ》っていう先輩《せんぱい》に、前《まえ》からドライブに誘《さそ》われてたみたいね」

それを聞《き》いて、わたしは少《すこ》し納得《なっとく》した。

久理子《くりこ》のお兄《にい》さんと、その美咲《みさき》さんが話《はな》しているところに、ずいぶん強引《ごういん》に入《はい》ってくるなと思《おも》ってたんだけど、美咲《みさき》さんと話《はな》すタイミングをねらっていたのだろう。

美咲《みさき》さんは、二人《ふたり》きりは嫌《いや》だったので、みんなで行《い》くことで、一応《いちおう》義理《ぎり》を果《は》たそうとしたらしい。

「その女《おんな》の人《ひと》は、なんともなかったんですか？」

久理子《くりこ》が聞《き》いた。

「なんともって、体調《たいちょう》が悪《わる》くなったりとか？」

「はい」

「美咲《みさき》さんには、特《とく》になにもなかったみたいね。ただ……」

深夜《しんや》のドライブから、二日後《ふつかご》の夕方《ゆうがた》。

島田《しまだ》さんから美咲《みさき》さんに、連絡《れんらく》があった。

「すぐに来《き》てほしいっていうから、ちょうどいっしょにいた映画《えいが》サークルの人《ひと》たちと、島田《しまだ》さんが一人暮《ひとりぐ》らしをしているマンションに行《い》ったんですって」

「あ、そういえば……」

久理子《くりこ》が声《こえ》をあげた。

「兄《あに》も、先輩《せんぱい》から連絡《れんらく》があったっていってました」

お兄《にい》さんは、体調《たいちょう》が悪《わる》くて行《い》けなかったのだそうだ。

美咲《みさき》さんたちがマンションをたずねると、島田《しまだ》さんは布団《ふとん》をかぶって、部屋《へや》の隅《すみ》で震《ふる》えていた。

そして、真《ま》っ青《さお》な顔《かお》で、トンネルに行《い》った日《ひ》から、おかしなことが続《つづ》いているのだとうったえたらしい。

「どんなことが起《お》こってたんですか？」

わたしも以前《いぜん》、肝試《きもだめ》しのあと、自分《じぶん》の部屋《へや》で寝《ね》ていたら黒《くろ》い影《かげ》に襲《おそ》われるという体験《たいけん》をしたことがあるので、ひとごととは思《おも》えなかった。

島田《しまだ》さんが美咲《みさき》さんたちに話《はな》したところによると、はじめに異変《いへん》があったのは、ドライブから帰《かえ》った日《ひ》のことだった——。

三

肝試《きもだめ》しの翌日《よくじつ》、島田《しまだ》は昼過《ひるす》ぎに、チャイムの音《おと》で目《め》を覚《さ》ました。

たずねてきたのは、後輩《こうはい》の橋本《はしもと》だった。

肝試《きもだめ》しのときに、車《くるま》に忘《わす》れ物《もの》をしたらしい。

オートロックを開《あ》けて、一階《かい》で待《ま》つようインターホン越《ご》しに伝《つた》えると、手早《てばや》く着替《きが》えて、マンションの下《した》にある駐車場《ちゅうしゃじょう》に向《む》かう。

落《お》とし物《もの》はコンタクトレンズのケースで、後部座席《こうぶざせき》の足元《あしもと》に転《ころ》がっているのがすぐに見《み》つかった。

橋本《はしもと》がお礼《れい》をいいながら帰《かえ》っていくと、島田《しまだ》はあらためて、車《くるま》を見直《みなお》した。

車体《しゃたい》についた手形《てがた》は、昨夜《さくや》、後輩《こうはい》たちにも手伝《てつだ》ってもらって、すべてふきとったが、やっぱりこのままだと気持《きも》ちが悪《わる》い。

あらためて洗車《せんしゃ》してもらおうと、車《くるま》を運転《うんてん》して、ガソリンスタンドに向《む》かっていると、なんだか後《うし》ろから人《ひと》の気配《けはい》がする。

バックミラーに目《め》をやると、昔《むかし》の着物《きもの》を着《き》た小《ちい》さな子《こ》どもたちが、後部座席《こうぶざせき》の上《うえ》をぴょんぴょんと跳《と》び回《まわ》っていた。

「うわっ!」

島田《しまだ》は悲鳴《ひめい》をあげながら、急《きゅう》ブレーキをかけた。

片側《かたがわ》一車線《しゃせん》の道路《どうろ》をふさぐように停車《ていしゃ》する。

おそるおそる振《ふ》り返《かえ》るけど、後《うし》ろには誰《だれ》もいなかった。

追突《ついとつ》しそうになった後続車《こうぞくしゃ》から、激《はげ》しくクラクションを鳴《な》らされて、我《われ》に返《かえ》った島田《しまだ》は、ハンドルにしがみつくようにしてガソリンスタンドに到着《とうちゃく》すると、念入《ねんい》りに車体《しゃたい》を洗《あら》ってもらった。

マンションに戻《もど》ってから、あらためて調《しら》べてみたが、手形《てがた》はどこにも残《のこ》っていない。

(そういえば、橋本《はしもと》のやつが、車《くるま》の内側《うちがわ》からつけられた手形《てがた》があるっていってたな……)

もしかしたら、子《こ》どもの霊《れい》を連《つ》れ帰《かえ》ってしまったのだろうか——。

子《こ》どもたちのひそひそ声《ごえ》が聞《き》こえるような気《き》がして、島田《しまだ》はあわてて部屋《へや》に戻《もど》った。

きっと、トンネルであんなことがあったから、おかしなものが見《み》えたり聞《き》こえたりするような気《き》がするんだ——島田《しまだ》は自分《じぶん》にそういいきかせた。

出《で》かける気《き》になれないので、宅配《たくはい》で注文《ちゅうもん》した昼飯《ひるめし》を食《た》べながら、スマホでアニメを見《み》ていると、

コン、コン、コン

ノックの音《おと》が聞《き》こえてきた。

島田《しまだ》は首《くび》をひねった。

このマンションは、一階《かい》のエントランスから部屋番号《へやばんごう》で相手《あいて》を呼《よ》び出《だ》して、オートロックを解除《かいじょ》してもらわないと、建物《たてもの》の中《なか》に入《はい》れない仕組《しく》みになっている。

住人《じゅうにん》が中《なか》に入《はい》るのについてくれば、直接部屋《ちょくせつへや》の前《まえ》まで来《く》ることは可能《かのう》だけど、それでも普通《ふつう》はチャイムを鳴《な》らすだろう。

気味《きみ》が悪《わる》いので無視《むし》していると、

コンコン……コンコンコン……ゴンゴンゴン！

ノックの音《おと》がどんどん激《はげ》しくなってくる。

のぞき穴《あな》から外《そと》を見《み》るが、よほど小柄《こがら》なのか、頭《あたま》しか見《み》えない。

子《こ》どもみたいだな、と思《おも》って、島田《しまだ》はゾッとした。

部屋《へや》の奥《おく》に逃《に》げ込《こ》むと、イヤホンをつけて、ひたすらアニメを見続《みつづ》ける。

夜中《よなか》になって、ふと耳《みみ》をすませると、ノックの音《おと》はやんでいた。

おなかが空《す》いてきたので、なにか買《か》いに行《い》こうと、玄関《げんかん》に近《ちか》づくと、

くすくす……くすくすくす……


子《こ》どもの笑《わら》い声《ごえ》が、ドアの向《む》こうから聞《き》こえてきた。

のぞき穴《あな》に顔《かお》を近《ちか》づけると、着物姿《きものすがた》の子《こ》どもたちが、ドアの前《まえ》でぴょんぴょんと跳《と》びはねているのが見《み》えた。

まるで、中《なか》に入《い》れてほしくてたまらないみたいだ。

島田《しまだ》はまた部屋《へや》の奥《おく》に逃《に》げ込《こ》んで、頭《あたま》から布団《ふとん》をかぶった。

あの子《こ》どもたちは、部屋《へや》の中《なか》までは入《はい》ってこられないようだ。

しかし、ここは五階《かい》で、窓《まど》から逃《に》げることもできない。

仕方《しかた》がないので、またアニメを見《み》ているうちに、島田《しまだ》はいつのまにか眠《ねむ》ってしまった。

朝《あさ》になれば、子《こ》どもたちはいなくなるかと期待《きたい》したけれど、ドアに近《ちか》づくと、また笑《わら》い声《ごえ》が聞《き》こえてくる。

大学《だいがく》の授業《じゅぎょう》に出《で》る気《き》にもなれず、前《まえ》の日《ひ》と同《おな》じように、イヤホンとスマホで一日《にち》過《す》ごしていたが、夕方《ゆうがた》になってさすがにひとりで過《す》ごすのが耐《た》えられなくなったので、同級生《どうきゅうせい》や後輩《こうはい》たちに連絡《れんらく》をした、ということだった。


「――それが、一昨日《おととい》のことだったんだって」

長《なが》い説明《せつめい》を終《お》えて、静流《しずる》さんは、ふう、と息《いき》をついた。

「そのあと、美咲《みさき》さんはバンドの練習《れんしゅう》があったから、すぐにマンションを出《で》たんだけど、サークルの人《ひと》が何人《なんにん》か、島田《しまだ》さんに引《ひ》き留《と》められて、部屋《へや》に残《のこ》ったみたい」

美咲《みさき》さんが帰《かえ》ったあとも、ほかの人《ひと》を引《ひ》き留《と》めたのなら、子《こ》どもの声《こえ》を聞《き》いたというのが、美咲《みさき》さんに会《あ》うための作《つく》り話《ばなし》というわけでもなさそうだ。

「お兄《にい》さんは、トンネルから帰《かえ》った後《あと》に、なにかおかしなものを見《み》たり聞《き》いたりしてなかった？」

静流《しずる》さんに聞《き》かれて、久理子《くりこ》は首《くび》を横《よこ》に振《ふ》った。

「体調《たいちょう》が悪《わる》くなって、ずっと寝込《ねこ》んでましたけど、幽霊《ゆうれい》を見《み》たっていう話《はなし》は聞《き》いてないです」

その体調《たいちょう》もずいぶんよくなったので、久理子《くりこ》としては、依頼《いらい》は終了《しゅうりょう》するつもりだったのだが……。

「もうしばらく、様子《ようす》を見《み》た方《ほう》がいいかもしれないわね」

島田《しまだ》さんにおかしなことが続《つづ》いている以上《いじょう》、お兄《にい》さんも絶対《ぜったい》に安全《あんぜん》とは限《かぎ》らない、と静流《しずる》先輩《せんぱい》にいわれて、調査《ちょうさ》は続行《ぞっこう》することになった。

美咲《みさき》さんの情報《じょうほう》は、静流《しずる》さんのところに入《はい》ってくるので、久理子《くりこ》にはお兄《にい》さんになにか変化《へんか》があったら教《おし》えてほしいとお願《ねが》いして、今日《きょう》のところは帰《かえ》ってもらう。

「あ、そういえば……」

静流《しずる》さんと二人《ふたり》きりになると、わたしはふと気《き》になったことを口《くち》にした。

「もうひとりの人《ひと》は、大丈夫《だいじょうぶ》だったんでしょうか」

「もうひとり？」

「トンネルに行《い》った、もうひとりの新入生《しんにゅうせい》です」

たしか、幽霊《ゆうれい》トンネルには四人《にん》で向《む》かったはずだ。

「ああ、橋本《はしもと》さん？　大丈夫《だいじょうぶ》みたいよ」

静流《しずる》さんが美咲《みさき》さんから聞《き》いた話《はなし》によると、島田《しまだ》さんのマンションにみんなで行《い》ったとき、橋本《はしもと》さんもいっしょだったらしい。

「そのときに話《はな》した感《かん》じだと、なにも起《お》こってなかったみたいだから」

久理子《くりこ》のお兄《にい》さんも、ただの体調不良《たいちょうふりょう》みたいだし、そうなると、おかしなことが起《お》こっているのは、島田《しまだ》さんのところだけということになる。

「そういえば、昨夜《さくや》はどうだったの？」

今度《こんど》は静流《しずる》さんが聞《き》いてきたので、わたしは昨夜《さくや》の出来事《できごと》を、できるだけ詳《くわ》しく説明《せつめい》した。

「――大変《たいへん》だったわね」

話《はなし》が終《お》わると、静流《しずる》さんは同情《どうじょう》するようにいって、わたしの頭《あたま》にぽんぽん、と手《て》をのせた。

「まったく……天《てん》ちゃんは相手《あいて》の都合《つごう》とかペースを考《かんが》えないんだから……」

「天堂先輩《てんどうせんぱい》は、今日《きょう》は来《き》てないんですか？」

少《すこ》し恥《は》ずかしくなったわたしは、話《はなし》をそらすように静流《しずる》さんに聞《き》いた。

「そうみたいね」

静流《しずる》さんは、スマホを取《と》り出《だ》して、画面《がめん》を確認《かくにん》すると、

「特《とく》に連絡《れんらく》もないし……帰《かえ》ったのかしら」

わずかに眉《まゆ》を寄《よ》せながらいった。

さっきの美咲《みさき》さんの話《はなし》は、今朝《けさ》、授業《じゅぎょう》が始《はじ》まる前《まえ》に、一応伝《いちおうつた》えてあるらしい。

考《かんが》えてみれば、わたしが部室《ぶしつ》をのぞいたときは、いつも天堂先輩《てんどうせんぱい》が奥《おく》の席《せき》で不機嫌《ふきげん》そうにスマホをいじっていた気《き》がする。

先輩《せんぱい》がいない部室《ぶしつ》って珍《めずら》しいな、と思《おも》っていると、ノックの音《おと》がした。

「どうぞ」

静流《しずる》さんがこたえる。

ドアを開《あ》けて入《はい》ってきたのは、生徒会長《せいとかいちょう》の門宮《かどみや》さんだった。

絵《え》にかいたような好青年《こうせいねん》で、いつ見《み》ても、さわやかな笑《え》みを浮《う》かべている。

常《つね》に眉間《みけん》にしわを寄《よ》せている天堂先輩《てんどうせんぱい》とは、大違《おおちが》いだ。

「お邪魔《じゃま》するよ」

その会長《かいちょう》さんは、部屋《へや》を見回《みまわ》して、

「天堂《てんどう》は?」

と聞《き》いた。

「今日《きょう》はまだ来《き》てません」

わたしがこたえると、会長《かいちょう》さんは肩《かた》を落《お》とした。

「そうか……ちょっと、相談《そうだん》したいことがあったんだけどな」

「またやっかいごとですか?」

一学年上《がくねんうえ》の会長《かいちょう》さんに対《たい》して、静流《しずる》さんが遠慮《えんりょ》のない口調《くちょう》で聞《き》いた。

会長《かいちょう》さんと天堂先輩《てんどうせんぱい》は親戚関係《しんせきかんけい》で、子《こ》どものころから知《し》っているらしいので、天堂先輩《てんどうせんぱい》と幼馴染《おさななじみ》の静流《しずる》さんにとっても、気《き》のおけない相手《あいて》なのだろう。

「ひどいなあ。それじゃあ、ぼくがいつも、オカルト研究会《けんきゅうかい》に面倒事《めんどうごと》を持《も》ち込《こ》んでるみたいじゃないか」

会長《かいちょう》さんが苦笑《くしょう》する。

「似《に》たようなもんじゃないですか。わたしでよかったら聞《き》きますよ」

静流《しずる》さんは、天堂先輩《てんどうせんぱい》の指定席《していせき》である、一番奥《いちばんおく》の椅子《いす》に移動《いどう》して、

「なにがあったんですか?」

と聞《き》いた。

「うん、まあ、たいしたことじゃないのかもしれないんだけど……」

会長《かいちょう》さんは、あいまいな返事《へんじ》をすると、空《あ》いている椅子《いす》に腰《こし》をおろして、わたしの顔《かお》を見《み》つめた。

「オカルト研究会《けんきゅうかい》は、いまはどんな依頼《いらい》を扱《あつか》ってるの?」

そのやわらかな物腰《ものごし》に、反射的《はんしゃてき》にこたえそうになって、ぐっと言葉《ことば》をのみ込《こ》む。

「……一応《いちおう》、依頼《いらい》の内容《ないよう》については秘密《ひみつ》になってます」

わたしのこたえを聞《き》いた会長《かいちょう》さんは、とぼけた顔《かお》で、

「ああ、そうだったね」

といった。

「それじゃあ、一応生徒会《いちおうせいとかい》の方《ほう》で把握《はあく》しているものをいっていくから、間違《まちが》ってたら教《おし》えてね。えーっと……公園《こうえん》に出《で》る女《おんな》の人《ひと》の幽霊《ゆうれい》に、踏切《ふみきり》で左手《ひだりて》を探《さが》す女《おんな》の人《ひと》、それから〈名越第《なごしだい》

ニトンネル〉の白《しろ》い手形《てがた》――こんなところで合《あ》ってるかな？」

合《あ》ってます――と、舌《した》の先《さき》まで出《で》そうになって、またのみ込《こ》んでいると、

「さすがですね」

静流《しずる》さんがにっこり笑《わら》ってうなずいた。

「正解《せいかい》です。情報源《じょうほうげん》は、成瀬《なるせ》さんですか？」

「まあ、それだけじゃないけどね」

会長《かいちょう》さんは、つかみどころのない微笑《ほほえ》みを浮《う》かべて、

「ここからが本題《ほんだい》なんだけど……」

といった。

「実《じつ》は、生徒会《せいとかい》の方《ほう》にも、心霊絡《しんれいがら》みの相談《そうだん》が寄《よ》せられているんだよ」

会長《かいちょう》さんによれば、さっき、生徒会室《せいとかいしつ》の前《まえ》をうろうろしている生徒《せいと》がいたから、なにか悩《なや》みでもあるの？　と声《こえ》をかけたところ、心霊系《しんれいけい》の相談《そうだん》を受《う》けたのだそうだ。

「高等部《こうとうぶ》一年生《ねんせい》の、Sくんという男子生徒《だんしせいと》が、昨日《きのう》の夜《よる》に体験《たいけん》した話《はなし》なんだけどね……」

四

Sくんは、生物部《せいぶつぶ》に所属《しょぞく》している。

部《ぶ》では虫《むし》や魚《さかな》を中心《ちゅうしん》に、たくさんの生《い》き物《もの》を飼育《しいく》していて、その日《ひ》は大型《おおがた》の水槽《すいそう》を洗《あら》ったりもしていたので、いつもよりも帰《かえ》りが遅《おそ》くなってしまった。

三十分《ぶん》ほどの道《みち》のりを、歩《ある》いて帰《かえ》っていると、お寺《てら》の裏手《うらて》にある森《もり》の中《なか》から、バシャバシャと激《はげ》しい水音《みずおと》が聞《き》こえてきた。

Sくんは、気《き》になって森《もり》に足《あし》を踏《ふ》み入《い》れた。

森《もり》の奥《おく》には囲《かこ》いのない池《いけ》があって、危《あぶ》ないので近《ちか》づかないようにいわれている。

だけど、これは魚《さかな》がはねている程度《ていど》の音《おと》ではなかった。

池《いけ》に駆《か》け寄《よ》ると、水面《すいめん》から激《はげ》しい水《みず》しぶきがあがって、その中《なか》に人間《にんげん》の手《て》が見《み》える。

やっぱり誰《だれ》かが溺《おぼ》れてるんだ、と思《おも》ったSくんが、

「大丈夫《だいじょうぶ》ですか！」

と声《こえ》をかけながら、池《いけ》のそばにしゃがんで手《て》を伸《の》ばすと、

ガシッ！

池《いけ》から伸《の》びた手《て》が、Sくんの足首《あしくび》をつかんだ。

続《つづ》いて、池《いけ》の中《なか》からスーツを着《き》た男性《だんせい》がはいあがってきて、Sくんの足首《あしくび》をつかんだまま、ニヤリと笑《わら》った。

その崩《くず》れ落《お》ちた形相《ぎょうそう》は、ところどころ腐《くさ》っていて、あきらかに生《い》きている人間《にんげん》のものではなかった。

「うわあっ！」

Sくんは叫《さけ》び声《ごえ》をあげながら、その手《て》を振《ふ》り払《はら》おうとした。

だけど、力《ちから》が強《つよ》すぎて、びくともしない。

「くそっ！」

Sくんは、もう片方《かたほう》の足《あし》で、手《て》を思《おも》い切《き》り蹴《け》飛《と》ばした。

水《みず》にふやけた手首《てくび》が、ぐしゃりとつぶれる。

そのすきに、Sくんが転《ころ》がるようにして逃《に》げ出《だ》すと、

「待《ま》て……待《ま》てよ……」

後《うし》ろから、声《こえ》が追《お》いかけてくる。

じゅうぶんに離《はな》れてから、振《ふ》り返《かえ》って目《め》をこらすと、池《いけ》の水面《すいめん》の上《うえ》に、スーツを着《き》た男性《だんせい》が恨《うら》めしそうにこちらを見《み》ながら、ずぶぬれの状態《じょうたい》で浮《う》いていた。


「――その後《ご》、家《いえ》に帰《かえ》ってから、もしかしたら本当《ほんとう》に人《ひと》が溺《おぼ》れていたのかもと思《おも》って、名前《なまえ》をいわずに警察《けいさつ》に連絡《れんらく》をしたらしいんだけどね」

会長《かいちょう》さんは、そこまで一気《いっき》に話《はな》すと、息《いき》をついて、

「Sくんは、『あれは絶対《ぜったい》に生《い》きてる人間《にんげん》じゃなかったけど、一応警察《いちおうけいさつ》に名乗《なの》り出《で》た方《ほう》がいいのかな』って悩《なや》んでたんだ」

そんな風《ふう》に話《はなし》をしめくくった。

「それで、どうこたえたんですか？」

わたしが聞《き》くと、

「警察《けいさつ》にはこっちから情報提供《じょうほうていきょう》しておくから、きみは気《き》にしなくて大丈夫《だいじょうぶ》だよっていって

おいた」

会長《かいちょう》さんはそういって微笑《ほほえ》んだ。

成瀬《なるせ》さんは会長《かいちょう》さんのことを知《し》っていたから、会長《かいちょう》さんも当然《とうぜん》、成瀬《なるせ》さんとつながりがあるのだろう。

警察《けいさつ》につながりのある生徒会長《せいとかいちょう》っていうのもすごいな、と思《おも》いながら、静流《しずる》さんの方《ほう》を見《み》ると、なにやら難《むずか》しい顔《かお》で考《かんが》え込《こ》んでいる。

「どうしたんですか?」

「うん、ちょっとね……」

静流《しずる》さんは顔《かお》をあげると、

「その森《もり》って、源明寺《げんめいじ》の裏《うら》ですか?」

と近《ちか》くの寺《てら》の名前《なまえ》をあげた。

そして、会長《かいちょう》さんがうなずくのを確《たし》かめると、書棚《しょだな》から大《おお》きな地図《ちず》を取《と》り出《だ》して、机《つくえ》の上《うえ》に広《ひろ》げた。

「やっぱり気《き》づいた?」

会長《かいちょう》さんが静流《しずる》さんに声《こえ》をかける。

「なにがですか？」

わたしがたずねると、

「これよ」

静流《しずる》さんは、地図《ちず》に赤《あか》いマジックで、次々《つぎつぎ》と丸《まる》をつけていった。

「月島公園《つきしまこうえん》……踏切《ふみきり》……名越第二《なごしだい》トンネル……源明寺《げんめいじ》……」

会長《かいちょう》さんは地図《ちず》をのぞきこんで、

「トンネルは違《ちが》うんじゃないかな」

といった。

「そうですね」

静流《しずる》さんも同意《どうい》して、トンネルにつけた丸《まる》の上《うえ》から×印《じるし》をつけると、黒《くろ》いマジックに持《も》ち替《か》えて、赤丸《あかまる》の中心《ちゅうしん》あたりに丸《まる》を描《えが》いた。

「ここはなんですか？」

わたしは黒丸《くろまる》を指《ゆび》さして聞《き》いた。

一瞬《いっしゅん》、天堂先輩《てんどうせんぱい》の家《いえ》かな、と思《おも》ったけど、天堂家《てんどうけ》のお屋敷《やしき》といえば観光名所《かんこうめいしょ》になりそうなくらい有名《ゆうめい》で、わたしでも場所《ばしょ》を知《し》っている。

黒丸《くろまる》は、その天堂家《てんどうけ》とは全然違《ぜんぜんちが》う場所《ばしょ》にあった。

静流《しずる》さんは、じっと黒丸《くろまる》を見《み》つめながら、

「天《てん》ちゃんは、ここにあるマンションで、一人暮《ひとりぐ》らしをしてるの」

といった。

「え？」

わたしはおどろいて聞《き》き返《かえ》した。

「天堂先輩《てんどうせんぱい》、一人《ひとり》で暮《く》らしてるんですか？」

いくら天堂先輩《てんどうせんぱい》といえども、まだ高校生《こうこうせい》だ。

それに、家《いえ》が遠《とお》くて学校《がっこう》に通《かよ》えないならともかく、実家《じっか》からでも全然通《ぜんぜんかよ》える距離《きょり》だった。

「どうして……」

わたしのつぶやきに、

「まあ、あのくらいの家《いえ》になると、いろいろあるんだよ」

会長《かいちょう》さんが明《あか》るい口調《くちょう》でいって、地図《ちず》を見直《みなお》した。

「それよりも、気《き》になるのはこの位置関係《いちかんけい》だな。あいつの家《いえ》を囲《かこ》むようにして、幽霊《ゆうれい》が目撃《もくげき》されている」

しかも、髪《かみ》の毛《け》のからんだ櫛《くし》が埋《う》まっていたり、左手《ひだりて》が発見《はっけん》されたりと、天堂先輩《てんどうせんぱい》の見立《みた》て通《どお》り、誰《だれ》かが人為的《じんいてき》に、その場所《ばしょ》に幽霊《ゆうれい》を出現《しゅつげん》させているようにも見《み》える。

「そういえば、踏切《ふみきり》では人形《ひとがた》が見《み》つかったんだよね」

会長《かいちょう》さんがいった。

「もしかしたら、同《おな》じものが公園《こうえん》と池《いけ》にもあるのかも」

そうなると、ますます計画的《けいかくてき》なものに思《おも》えてくる。

「天堂《てんどう》とは、いつから連絡《れんらく》が取《と》れてないの？」

と聞《き》く会長《かいちょう》さんに、

「昼休《ひるやす》みに入《はい》るときまでは、いたんですけど……」

静流《しずる》さんは心配《しんぱい》そうな顔《かお》でスマホを取《と》り出《だ》して、すぐにため息《いき》をついた。

「電源《でんげん》を切《き》ってます」

「あいつが電源《でんげん》を切《き》るってことは、ぼくたちに隠《かく》れて、なにかをしようとしてるってことだな」

会長《かいちょう》さんも自分《じぶん》のスマホを操作《そうさ》していたけど、めずらしく舌打《したう》ちをして顔《かお》をゆがめた。

「だめだ。ＧＰＳに気《き》づかれた」

「GPS?」

わたしは目《め》を丸《まる》くした。

「そんなもの仕掛《しか》けてたんですか?」

「通学用《つうがくよう》の靴《くつ》のかかとにね。天堂家《てんどうけ》の人間《にんげん》っていうだけで、狙《ねら》われることがあるから。だけど、あいつの革靴《かわぐつ》はいま、校内《こうない》にあるんだ」

おそらく、校内履《こうないば》きのままで出《で》かけたか、ロッカーで別《べつ》の靴《くつ》に履《は》き替《か》えていったのだろう。

先輩《せんぱい》がどこに行《い》ったのかはわからないけど、幽霊《ゆうれい》の出現場所《しゅつげんばしょ》から考《かんが》えて、誰《だれ》かが先輩《せんぱい》を狙《ねら》っていることは間違《まちが》いなさそうだ。

「多分《たぶん》、まだ見《み》つかってない人形《ひとがた》を探《さが》しに行《い》ったんだろう。ぼくは源明寺《げんめいじ》の裏《うら》の森《もり》に行《い》ってみるから、神野《かみの》さんは、月島公園《つきしまこうえん》をお願《ねが》いしてもいいかな」

てきぱきと指示《しじ》を出《だ》して、部室《ぶしつ》を出《で》ていこうとする会長《かいちょう》さんに、

「わたしはどこに行《い》けばいいですか?」

と聞《き》くと、

「霧島《きりしま》さんは、自宅待機《じたくたいき》をお願《ねが》いするよ」

会長《かいちょう》さんは、正面《しょうめん》からわたしを見《み》つめながらいった。

「でも……」

「心配《しんぱい》しなくても、なにかわかったら連絡《れんらく》するから」

静流《しずる》さんがそういって、わたしの肩《かた》をポンと叩《たた》いた。

「あなたは、うちの切《き》り札《ふだ》なの」

「切《き》り札《ふだ》?」

「わたしも生徒会長《せいとかいちょう》も、霊感《れいかん》はないから。いざというときは、働《はたら》いてもらうから、よろしくね」

五

校門《こうもん》の前《まえ》で二人《ふたり》と別《わか》れると、わたしは家《いえ》に帰《かえ》る前《まえ》に、〈めん処《どころ》　きりしま〉に立《た》ち寄《よ》った。

もしかしたら、心霊現象《しんれいげんしょう》の調査《ちょうさ》とは関係《かんけい》なく、天堂先輩《てんどうせんぱい》が食事《しょくじ》に来《き》てるかもしれないと思《おも》ったのだ。

だけど、カウンターに向《む》かってチャーハンを食《た》べていたのは、天堂先輩《てんどうせんぱい》ではなくて、成瀬《なるせ》さんだった。

成瀬《なるせ》さんはわたしに気《き》づくと、

「おう、新人少女《しんじんしょうじょ》」

と手《て》をあげたので、わたしは苦笑《くしょう》しながらとなりに座《すわ》った。

「仕事帰《しごとがえ》りですか？」

「天堂《てんどう》と連絡《れんらく》が取《と》れなくてな」

成瀬《なるせ》さんは顔《かお》をしかめた。

「ここに来《く》れば、会《あ》えるかと思《おも》ったんだが……」

そういいながらも、ただ先輩《せんぱい》に会《あ》いに来《き》ただけにしては、チャーシューメンにチャーハンがついた〈満腹《まんぷく》セット〉をしっかりと頼《たの》んでいる。

「実《じつ》は、わたしたちも連絡《れんらく》が取《と》れてないんです」

わたしはカウンターにほおづえをついた。

「あいつ、いったいなにをたくらんでいるんだ」

成瀬《なるせ》さんは文句《もんく》をいいながらチャーハンをたいらげると、ラーメンにとりかかった。

「あの……天堂先輩《てんどうせんぱい》って、天堂家《てんどうけ》の跡取《あとと》りなんですか？」

先輩《せんぱい》の家族《かぞく》については、おじいさんが有名《ゆうめい》な政治家《せいじか》ということ以外《いがい》は、なにも知《し》らなかった。

「まあ、長男《ちょうなん》の息子《むすこ》だから、跡取《あとと》りといってもいいのかもしれないが……」

成瀬《なるせ》さんは難《むずか》しい顔《かお》でいった。

「あいつの家《いえ》は、ちょっと複雑《ふくざつ》だからな……」

「えっと、それって……」

わたしがさらに、天堂先輩《てんどうせんぱい》の情報《じょうほう》を仕入《しい》れようとしたとき、成瀬《なるせ》さんのスマホに着信《ちゃくしん》が入《はい》った。

「どうした？」

食事《しょくじ》の手《て》を止《と》めて、相手《あいて》の話《はなし》を聞《き》いていた成瀬《なるせ》さんは、

「わかった。すぐ行《い》く」

といって、電話《でんわ》を切《き》った。

「お仕事《しごと》ですか？」

「ああ」

成瀬《なるせ》さんは顔《かお》をしかめて、あっという間《ま》に残《のこ》りのラーメンを食《た》べ終《お》えると、すっくと立《た》ち

上《あ》がった。

「もしかして、池《いけ》からなにかが見《み》つかったんですか?」

わたしの言葉《ことば》に、成瀬《なるせ》さんの表情《ひょうじょう》がぴくりと動《うご》く。そして、低《ひく》い声《こえ》で、

「どうして知《し》っているんだ?」

と聞《き》いた。

わたしは、生徒会長《せいとかいちょう》から池《いけ》の怪談《かいだん》めいた話《はなし》を聞《き》いたことと、警察《けいさつ》に情報提供《じょうほうていきょう》をしているらしいことを話《はな》した。

成瀬《なるせ》さんは腰《こし》に手《て》を当《あ》てて、

「男物《おとこもの》のスーツでぐるぐる巻《ま》きにされた位牌《いはい》が、池《いけ》の底《そこ》から引《ひ》きあげられたそうだ」

といった。

それを聞《き》いて、わたしはゾッとした。

「位牌《いはい》って、あの、お仏壇《ぶつだん》とかにある……」

「その位牌《いはい》だ。誰《だれ》だか知《し》らんが、悪趣味《あくしゅみ》なまねをする」

成瀬《なるせ》さんは大《おお》きなため息《いき》をつくと、わたしにグッと顔《かお》を近《ちか》づけて、

「いいか? 天堂《てんどう》を見《み》つけたら、決《けっ》して自分《じぶん》だけでは行動《こうどう》せず、わたしに連絡《れんらく》するよう伝《つた》え

てくれ」
真剣《しんけん》な顔《かお》でそういった。

店《みせ》を出《で》て、自宅《じたく》のマンションに帰《かえ》ると、わたしは自分《じぶん》の部屋《へや》のベッドに寝《ね》っ転《ころ》がって、天堂《てんどう》先輩《せんぱい》のことを考《かんが》えた。

わたしよりも付《つ》き合《あ》いの長《なが》いみんなが、あれだけ心配《しんぱい》しているということは、先輩《せんぱい》が置《お》かれている状況《じょうきょう》は、思《おも》ったよりも危険《きけん》なのかもしれない。

誰《だれ》かが先輩《せんぱい》の住《す》んでいる部屋《へや》を囲《かこ》むようにして、幽霊《ゆうれい》を呼《よ》び出《だ》しているのだ。

少《すく》なくとも、先輩《せんぱい》に対《たい》して好意的《こういてき》な相手《あいて》とは思《おも》えなかった。

目的《もくてき》は、いったいなんなのだろうか――。

わたしはベッドから起《お》き上《あ》がると、先輩《せんぱい》から借《か》りてきた本《ほん》を手《て》にとった。

索引《さくいん》で〈人形《ひとがた》〉の項目《こうもく》を探《さが》して、そのページを開《ひら》く。

そこにはさまざまな人形《ひとがた》のつくり方《かた》と、呪《のろ》いの方法《ほうほう》について書《か》いてあった。

いったい小学生《しょうがくせい》になにを教《おし》えるつもりなのだろうと思《おも》いながら読《よ》み進《すす》めていくと、人形《ひとがた》を埋《う》めることで、ある種《しゅ》の魔法陣《まほうじん》のようなものをつくるやり方《かた》があった。

たぶん、その誰《だれ》かはこれをやろうとしているのだ。

スマホを確認《かくにん》してみたけど、静流《しずる》さんも会長《かいちょう》さんも、天堂先輩《てんどうせんぱい》とは会《あ》えなかったらしい。

その二か所《しょ》にいないとなると、まだ自分《じぶん》たちが知《し》らない心霊《しんれい》スポットに行《い》っている可能性《かのうせい》がある。

そうなると、先輩《せんぱい》の住《す》んでいるマンションを中心《ちゅうしん》にした円周上《えんしゅうじょう》を、ひたすら歩《ある》き回《まわ》るぐらいしか思《おも》いつかなかった。

わたしは、学校《がっこう》でコピーしてもらった地図《ちず》を、勉強机《べんきょうづくえ》の上《うえ》に広《ひろ》げた。

黒丸《くろまる》を中心《ちゅうしん》にぐるぐると歩《ある》き続《つづ》ければ、いつかは見《み》つかるかもしれないけど……。

「あ、そうだ！」

地図上《ちずじょう》で、先輩《せんぱい》のマンションを中心《ちゅうしん》にして、ぐるぐると視線《しせん》を動《うご》かしていたわたしは、ある方法《ほうほう》を思《おも》いついて、それをためしてみることにした——。

4章《しょう》

工《こう》場《じょう》跡《あと》の決《けっ》戦《せん》

一

秋《あき》の夕暮《ゆうぐ》れが、町《まち》はずれの空《あ》き地《ち》におとずれようとしていた。

薄闇《うすやみ》の中《なか》、草《くさ》がしげった広《ひろ》い空《あ》き地《ち》の真《ま》ん中《なか》に、黒《くろ》く焼《や》け落《お》ちた工場跡《こうじょうあと》が、影絵《かげえ》のようにひっそりとたたずんでいる。

もともとは、ねじなどの機械部品《きかいぶひん》を製造《せいぞう》する工場《こうじょう》だったのが、八年前《ねんまえ》に原因不明《げんいんふめい》の火災《かさい》で全焼《ぜんしょう》して、そのまま廃業《はいぎょう》したらしい。

工場《こうじょう》の床《ゆか》は、真《ま》っ黒《くろ》に焼《や》け焦《こ》げたがれきにうめつくされている。

誰《だれ》もいないはずの廃工場《はいこうじょう》の中《なか》で、がしゃん、がしゃんと、金属《きんぞく》がぶつかるような音《おと》が響《ひび》いていた。

音《おと》を立《た》てているのは、長《なが》い髪《かみ》を後《うし》ろで束《たば》ねた、目《め》つきの悪《わる》い男性《だんせい》だ。

高校《こうこう》の制服《せいふく》に軍手《ぐんて》をはめて、汗《あせ》だくになりながら、黒《くろ》くすすけた金属《きんぞく》の棒《ぼう》で、がれきの山《やま》をかきわけている。

その男性《だんせい》が手《て》を止《と》めて、額《ひたい》の汗《あせ》をぬぐっているところに、

「手伝《てつだ》いましょうか？」

わたしは工場《こうじょう》の入《い》り口《ぐち》から声《こえ》をかけた。

男性《だんせい》――天堂先輩《てんどうせんぱい》が、ハッと顔《かお》をあげて、目《め》を丸《まる》くする。

「霧島《きりしま》……なんでお前《まえ》がここにいるんだ」

わたしは、先輩《せんぱい》の意表《いひょう》をつけたことが嬉《うれ》しくて、会心《かいしん》の笑《え》みを浮《う》かべた。

この廃工場《はいこうじょう》は、これまでオカルト研究会《けんきゅうかい》でも話題《わだい》になったことはない。

だから、先輩《せんぱい》もまさか、わたしがここに現《あらわ》れるとは思《おも》っていなかったようだ。

天堂先輩《てんどうせんぱい》は、わたしをじっと見《み》つめると、

「学校《がっこう》からおれをつけてきた……ってわけじゃなさそうだな」

といった。

わたしはポケットから、先《さき》におもりのついた一本《ぽん》のチェーンを取《と》り出《だ》すと、

「ダウジングです」

といった。

「ダウジング?」

「はい。先輩《せんぱい》、昨日部室《きのうぶしつ》で、わたしにこのダウジングチェーンを貸《か》してくれたじゃないですか」

先輩《せんぱい》が月島公園《つきしまこうえん》で、これを使《つか》って櫛《くし》を見《み》つけたという話《はなし》をしていたので、地面《じめん》に埋《う》まっている霊的《れいてき》なものを見《み》つけられるなら、霊感《れいかん》の強《つよ》い先輩《せんぱい》の居場所《いばしょ》も、ダウジングで見《み》つけられるんじゃないか——そう思《おも》って、地図《ちず》の上《うえ》におもりを垂《た》らしてチェーンをゆっくりと動《うご》かしていくと、この地点《ちてん》でぐるぐると回《まわ》りだした。

生徒会長《せいとかいちょう》に連絡《れんらく》して、この工場《こうじょう》のことを聞《き》いてみると、八年前《ねんまえ》に全焼《ぜんしょう》したこと、工場長《こうじょうちょう》がその火事《かじ》で焼死《しょうし》して、それ以来《いらい》、土地《とち》も建物《たてもの》も放置《ほうち》されていることを教《おし》えてくれた。

そこで、静流《しずる》さんと成瀬《なるせ》さんにも連絡《れんらく》をしてから、自転車《じてんしゃ》で駆《か》けつけたのだ。

事情《じじょう》を話《はな》したわたしは、これで先輩《せんぱい》もわたしを見直《みなお》してくれるかな、と思《おも》ったんだけど、返《かえ》ってきたのは、

「帰《かえ》れ」

という冷《つめ》たい一言《ひとこと》だった。

「えー、どうしてですか」

「足手《あしで》まといだからだ」

先輩《せんぱい》は、わたしの抗議《こうぎ》を無視《むし》して、探《さが》し物《もの》を再開《さいかい》した。

「でも、ダウジングはできますよ」

「必要《ひつよう》ない」

「それに、ほら、見《み》てくださいよ」

わたしはガラスの入《はい》っていない窓《まど》の外《そと》を指《ゆび》さした。

「こんなに暗《くら》い中《なか》を、可愛《かわい》い後輩《こうはい》にひとりで帰《かえ》れっていうんですか？」

「お前《まえ》、ひとりで来《き》たのか？」

先輩《せんぱい》は嫌《いや》そうな顔《かお》でいった。

「はい」

わたしは元気《げんき》よくうなずいた。

「さっき、生徒会長《せいとかいちょう》さんたちには連絡《れんらく》したので、そのうち来《き》てくれると思《おも》います」

「……仕方《しかた》ないな。誰《だれ》かが来《き》たら、いっしょに帰《かえ》ってもらうぞ」

先輩《せんぱい》はそういって、作業《さぎょう》を再開《さいかい》した。

「手伝《てつだ》います」

わたしは軍手《ぐんて》を取《と》り出《だ》して、両手《りょうて》にはめた。

「なにを探《さが》してるのか、わかってるのか？」

「亡《な》くなった人《ひと》の念《ねん》が強《つよ》く残《のこ》っているもの、ですよね？」

月島公園《つきしまこうえん》では髪《かみ》のからんだ櫛《くし》、お寺《てら》の裏《うら》の池《いけ》ではスーツにくるまれた位牌《いはい》、そして踏切《ふみきり》では左手《ひだりて》だ。

「それと、人形《ひとがた》だな」

先輩《せんぱい》は、金属《きんぞく》の棒《ぼう》を拾《ひろ》うと、それで足元《あしもと》の黒《くろ》いがれきをかきわけた。

わたしは、金属部品《きんぞくぶひん》をつくるための工作機械《こうさくきかい》の間《あいだ》を、足元《あしもと》に注意《ちゅうい》して歩《ある》きながら、

「あの人形《ひとがた》も、呪具《じゅぐ》ですよね？」

と聞《き》いた。

先輩《せんぱい》が顔《かお》をあげて、ちょっと意外《いがい》そうにわたしを見《み》る。

「……なんですか？」

「ちゃんと勉強《べんきょう》してるみたいだな」

「でしょ？」

わたしは胸《むね》を張《は》った。

「先輩《せんぱい》の住《す》んでいる部屋《へや》を囲《かこ》むように呪具《じゅぐ》を配置《はいち》することで、先輩《せんぱい》を……えっと……どうにかしようとしてるんですよね？」

「勉強《べんきょう》するなら、最後《さいご》までちゃんとしてこい」

先輩《せんぱい》はため息《いき》をついて、わたしにぐっと近《ちか》づいた。

「な、なんですか」

「いいから、おれから離《はな》れるな」

そういって、肩《かた》が触《ふ》れるくらいの距離《きょり》で探《さが》し物《もの》をしながら解説《かいせつ》をはじめた。

「犯人《はんにん》は、死者《ししゃ》の体《からだ》の一部《いちぶ》か、念《ねん》がこもったものを手《て》に入《い》れると、人形《ひとがた》といっしょにおれの部屋《へや》を囲《かこ》むような配置《はいち》で埋《う》めた。そうすることで、死者《ししゃ》は亡《な》くなった場所《ばしょ》ではなく、埋《う》められた場所《ばしょ》に強制的《きょうせいてき》にあらわれることになるわけだ」

「ひどいですよね」

わたしは顔《かお》をしかめた。

亡《な》くなってからも、誰《だれ》かの目的《もくてき》のために利用《りよう》されるなんて、こんなかわいそうなことはない。

「幽霊《ゆうれい》にだって、出《で》る場所《ばしょ》を選《えら》ぶ権利《けんり》はあるはずです」

「それが狙《ねら》いだろうな」

先輩《せんぱい》は作業台《さぎょうだい》の下《した》をのぞきこみながらこたえた。

「本来出《ほんらいで》るはずだった場所《ばしょ》ではないところに出現《しゅつげん》させられて、自分《じぶん》にとって大事《だいじ》なものも見《み》つからない。霊《れい》にとっては、ずいぶんイライラがたまる状況《じょうきょう》だろう。犯人《はんにん》は、それを利《り》用《よう》したんだ」

人形《ひとがた》は、その恨《うら》みの気持《きも》ちをコントロールして、特定《とくてい》の方向《ほうこう》に向《む》けるための役割《やくわり》を果《は》たしているらしい。

「その特定《とくてい》の方向《ほうこう》っていうのが、先輩《せんぱい》の住《す》んでいるマンションっていうことなんですね」

わたしはそういってから、ふと思《おも》いついたことを口《くち》にした。

「でも、それって先輩《せんぱい》は気《き》づかなかったんですか？」

「おれの部屋《へや》は、常《つね》に結界《けっかい》が張《は》ってあるからな。それを破《やぶ》るほどじゃなかったんだろう」

先輩《せんぱい》は当《あ》たり前《まえ》のことのようにいうけど、常《つね》に結界《けっかい》を張《は》っている時点《じてん》で、普通《ふつう》の高校生《こうこうせい》ではない。

「それで、結局《けっきょく》この〈呪術《じゅじゅつ》〉には、どういう効果《こうか》があるんですか？」

「おそらく〈傀儡《かいらい》の術《じゅつ》〉だろう」

「カイライの術《じゅつ》？」

「操《あやつ》り人形《にんぎょう》のことだ」

「それじゃあ、呪《のろ》い殺《ころ》すとかじゃなくて、先輩《せんぱい》を操《あやつ》り人形《にんぎょう》にしようとしてたってことですか？」

「ああ、どうやらそうらしいな」

先輩《せんぱい》はそこでフッと苦笑《にがわら》いを浮《う》かべた。

「一応《いちおう》、天堂家《てんどうけ》の人間《にんげん》だから、思《おも》い通《どお》りに動《うご》かすことで、なにかの役《やく》に立《た》つと思《おも》われたんだろう」

一応《いちおう》、というのも気《き》になったけど、わたしはそれより、いくら呪《のろ》いをかけたとしても、天《てん》堂先輩《どうせんぱい》が他人《たにん》の思《おも》い通《どお》りに動《うご》くとは思《おも》えなかった。

他人《たにん》を思《おも》い通《どお》りに動《うご》かすことはありそうだけど……。

「おい」

先輩《せんぱい》に呼《よ》ばれて、わたしは我《われ》に返《かえ》った。

「人《ひと》の顔《かお》をじろじろ見《み》て、なにを考《かんが》えている」

「あ、いえ、別《べつ》に……」

わたしは慌《あわ》てて顔《かお》をそらした。

工場《こうじょう》の中《なか》は壁《かべ》や天井《てんじょう》も焼《や》け焦《こ》げて、建物《たてもの》の外《そと》も暗《くら》くなってきているので、全体的《ぜんたいてき》に視界《しかい》が悪《わる》い。

「とにかく、これは天堂家《てんどうけ》の問題《もんだい》で、狙《ねら》いはおれなんだ」

結論《けつろん》づけるようにいう先輩《せんぱい》に、

「だから、わたしたちに内緒《ないしょ》で、自分《じぶん》だけで見《み》つけようとしたんですか？」

わたしは非難《ひなん》するようにいい返《かえ》した。

「ああ、そうだ」

当《あ》たり前《まえ》のようにいう先輩《せんぱい》にムッとしながら、わたしはずっと疑問《ぎもん》に思《おも》っていたことを口《くち》にした。

「先輩《せんぱい》は、どうしてここに来《き》たんですか？」

わたしは先輩《せんぱい》の居場所《いばしょ》をダウジングで探《さが》してここにたどりついたけど、先輩《せんぱい》には別《べつ》の理由《りゆう》があるはずだ。

「昼休《ひるやす》みに、研究会《けんきゅうかい》のアカウントにダイレクトメッセージが届《とど》いたんだ」

先輩《せんぱい》はスマホを取《と》り出《だ》していった。

オカ研《けん》ではSNSのアカウントを持《も》っていて、定期的《ていきてき》に地元《じもと》の心霊情報《しんれいじょうほう》を募集《ぼしゅう》している。

先輩《せんぱい》が、今日《きょう》の昼休《ひるやす》みにチェックしたら、この工場《こうじょう》にまつわる怪談《かいだん》が届《とど》いていたらしい。

二

これは、昨日《きのう》の夕方《ゆうがた》、本当《ほんとう》にあった話《はなし》です。

小学《しょうがく》六年生《ねんせい》のKくんが、自転車《じてんしゃ》に乗《の》って塾《じゅく》に向《む》かっていると、どこからか、

「おーい……おーい……」


と呼《よ》びかけるような声《こえ》が聞《き》こえてきました。

Kくんはあたりを見回《みまわ》しましたが、そこは道《みち》の片側《かたがわ》が倉庫《そうこ》、反対側《はんたいがわ》は空《あ》き地《ち》になっていて、人《ひと》の気配《けはい》はありません。

Kくんがしばらく自転車《じてんしゃ》を停《と》めて耳《みみ》をすませていると、

「おーい……こっちだ……おーい……」

また声《こえ》が聞《き》こえてきます。

男《おとこ》の人《ひと》の、悲《かな》しそうな声《こえ》です。

視界《しかい》の端《はし》で、なにかが動《うご》いたような気《き》がして、Kくんはハッと振《ふ》り返《かえ》りました。

空《あ》き地《ち》の真《ま》ん中《なか》に、黒《くろ》い建物《たてもの》がぽつんと残《のこ》されています。

何年《なんねん》か前《まえ》に火事《かじ》で焼《や》けて、そのままになっている工場《こうじょう》なのですが、誰《だれ》もいないはずのその工場《こうじょう》の中《なか》から、誰《だれ》かが手《て》を振《ふ》っているのが見《み》えたのです。

なんだろうと思《おも》ったKくんは、自転車《じてんしゃ》を道《みち》の端《はし》に停《と》めて、工場《こうじょう》に向《む》かいました。

工場《こうじょう》は、火事《かじ》の影響《えいきょう》で窓《まど》ガラスはすべて割《わ》れ、窓枠《まどわく》だけがかろうじて残《のこ》っています。

Kくんは、前《まえ》に塾《じゅく》の友《とも》だちから、この廃工場《はいこうじょう》には火事《かじ》で亡《な》くなった工場長《こうじょうちょう》の幽霊《ゆうれい》が出《で》る、という噂《うわさ》を聞《き》いたことを思《おも》い出《だ》しました。

あの人影《ひとかげ》は、その工場長《こうじょうちょう》の幽霊《ゆうれい》かも——。


「おーい……いっしょに探《さが》してくれ……」

悲《かな》しげな声《こえ》が聞《き》こえてきて、怖《こわ》いのに、なぜか足《あし》は工場《こうじょう》に向《む》かっていきます。

なんだか、自分《じぶん》の足《あし》じゃないみたいです。
Ｋくんはそのまま工場跡《こうじょうあと》に――。

「おい！　Ｋ！」

とつぜん体《からだ》を揺《ゆ》さぶられて、Ｋくんはハッと目《め》を覚《さ》ましました。

「大丈夫《だいじょうぶ》か！」

お兄《にい》さんが自分《じぶん》の体《からだ》を抱《かか》えてゆさぶっています。

「あれ？　兄《にい》ちゃん、なにしてるの？」

「お前《まえ》こそ、こんなところでなにしてるんだ」

「え？」

自分《じぶん》がいるところを見回《みまわ》して、Ｋくんはおどろきました。

いつのまにか、あの廃工場《はいこうじょう》の中《なか》で座《すわ》りこんでいたのです。

空《あ》き地《ち》の前《まえ》を通《とお》りかかったときには、まだ明《あか》るかった空《そら》も、いつのまにかすっかり陽《ひ》が暮《く》れ、ガラスの入《はい》っていない窓《まど》から月明《つきあ》かりが差《さ》しこんでいます。

「あれ？　え？」

Ｋくんはパニックになりました。

しばらくして、ようやく落《お》ち着《つ》いたＫくんに、お兄《にい》さんが事情《じじょう》を話《はな》してくれました。

それによると、塾《じゅく》から「Ｋくんが来《き》てませんけど、今日《きょう》はお休《やす》みですか？」という連絡《れんらく》がきたので、あわてて塾《じゅく》に行《い》く道《みち》のりを探《さが》していたら、自転車《じてんしゃ》が停《と》まっていて、まさかと思《おも》いながら廃工場《はいこうじょう》の中《なか》をのぞくと、Ｋくんが倒《たお》れていたそうです。

三

「――ダイレクトメッセージを送《おく》ってきたのは、そのＫくんのお兄《にい》さんの友《とも》だちで、Ｋくんがなにかにとりつかれたんじゃないかと心配《しんぱい》になったらしい」

「大変《たいへん》じゃないですか」

わたしは先輩《せんぱい》の服《ふく》の袖《そで》をつかんだ。

「早《はや》くその幽霊《ゆうれい》の正体《しょうたい》を調《しら》べましょうよ」

「だから探《さが》してるだろ」

先輩《せんぱい》はうるさそうに顔《かお》をしかめた。

「それより、そっちはどうなんだ？」

「え？」

「公園《こうえん》と踏切《ふみきり》以外《いがい》からも、なにか見《み》つかったんじゃないか？」

「どうしてわかるんですか？」

わたしは目《め》を丸《まる》くした。

「場所《ばしょ》を特定《とくてい》するのに、二か所《しょ》じゃ足《た》りないだろ」

公園《こうえん》と踏切《ふみきり》を直接《ちょくせつ》つないでも、中間点《ちゅうかんてん》にはなにもない。三点目《てんめ》があってはじめて、先輩《せんぱい》のマンションを中心《ちゅうしん》とした円《えん》を描《えが》いていることに気《き》づくのだ。

先輩《せんぱい》は公園《こうえん》と踏切《ふみきり》、そしてこの工場《こうじょう》の三点《てん》の位置関係《いちかんけい》から、自分《じぶん》が狙《ねら》われていることを確信《かくしん》した。

だけど、わたしたちは工場《こうじょう》の怪談《かいだん》を知《し》らないはずなので、もう一か所必要《しょひつよう》になるのだ。

わたしは、生徒会長《せいとかいちょう》さんから聞《き》いた池《いけ》にあらわれた幽霊《ゆうれい》の話《はなし》を簡単《かんたん》に説明《せつめい》した。

「なるほど。四か所《しょ》の対角線《たいかくせん》の交点《こうてん》が、ちょうどうちになるな」

先輩《せんぱい》は感心《かんしん》したようにいった。

「そういえば、ここでは、ダウジングは使《つか》わないんですか？」

わたしがいうと、先輩《せんぱい》はなぜか一瞬《いっしゅん》だまって、

「だったら、お前《まえ》がやってみるか?」

といった。

「はい!」

わたしは意気揚々《いきようよう》とダウジングチェーンを取《と》り出《だ》すと、右手《みぎて》を前《まえ》に伸《の》ばして、その先《さき》から
おもりを垂《た》らした。

そして、ゆっくりと深呼吸《しんこきゅう》をしながら、一歩《ぽ》ずつ足《あし》を進《すす》めた。

すると、十歩《ぽ》も歩《ある》かないうちに、さっそくおもりがぐるぐると回《まわ》り出《だ》した。

「先輩《せんぱい》、見《み》てください。回《まわ》ってますよ」

わたしが金属《きんぞく》の棒《ぼう》で床《ゆか》のがれきをかきわけると、ガシャガシャと騒々《そうぞう》しい音《おと》がして、大《たい》
量《りょう》のねじがあらわれた。

「どうやら、金属《きんぞく》に反応《はんのう》したみたいだな」

先輩《せんぱい》が探《さが》し物《もの》を続《つづ》けながら、こちらに目《め》も向《む》けずにコメントした。

わたしは気《き》をとりなおして、ほかの場所《ばしょ》でもやってみた。

だけど、チェーンはすぐに回《まわ》るんだけど、出《で》てくるのは、ねじとかボルトとか、工場《こうじょう》で

つくられていた金属《きんぞく》の部品《ぶひん》ばかりだった。

「前《まえ》にもいったが、ダウジングはもともと地中《ちちゅう》に埋《う》められた水道管《すいどうかん》を探《さが》すのに使《つか》われていたくらいで、金属《きんぞく》に反応《はんのう》するんだ」

先輩《せんぱい》は別《べつ》の場所《ばしょ》をかきわけながらいった。

「霊感《れいかん》が強《つよ》い者《もの》がやれば、反応《はんのう》も強《つよ》い。だから、こんな場所《ばしょ》では、金属《きんぞく》が多《おお》すぎて意味《いみ》がないんだよ」

「そういうことは、先《さき》にいってください」

わたしは文句《もんく》をいいながら、最後《さいご》にもう一度《いちど》だけと思《おも》って、チェーンを手《て》に工場《こうじょう》の中《なか》を歩《ある》き回《まわ》った。

そして、壁際《かべぎわ》のがれきがかたまっているところに来《き》たとき、

クルン、クルン、クルクルクル……


いままでとは反対方向《はんたいほうこう》に、おもりが激《はげ》しく回《まわ》り出《だ》した。

あまり期待《きたい》せずに掘《ほ》り起《お》こしてみたわたしは、

「あれ？」

と思《おも》わず声《こえ》をあげた。

ねじの山《やま》の下《した》から、ビニール袋《ぶくろ》に入《はい》った人形《ひとがた》が出《で》てきたのだ。

「先輩《せんぱい》、見《み》つけましたよ！」

わたしが手《て》にしている人形《ひとがた》を目《め》にして、先輩《せんぱい》はぽかんと口《くち》を開《ひら》いた。

「わたし、やっぱりダウジングの才能《さいのう》、あるんじゃないですか？」

左手《ひだりて》とかじゃなくてよかったな、と思《おも》いながら、わたしは先輩《せんぱい》に、人形《ひとがた》が入《はい》ったビニール袋《ぶくろ》を渡《わた》した。

先輩《せんぱい》は、人形《ひとがた》が出《で》てきたがれきの山《やま》をしばらく見下《みお》ろしていたけど、やがてしゃがみこんで、ねじをかきわけると、手《て》の中《なか》にすっぽりおさまるくらいの小《ちい》さな白《しろ》い筒《つつ》を取《と》り出《だ》した。

「なんですか、それ」

わたしがたずねると、

「たぶん、骨壺《こつつぼ》だな」

先輩《せんぱい》は顔《かお》をしかめてこたえた。

「まったく、悪趣味《あくしゅみ》な……」

吐《は》き捨《す》てるようにいいかけた先輩《せんぱい》は、とつぜん、

「伏《ふ》せろ！」

と叫《さけ》んで、わたしの頭《あたま》をおさえつけた。

頭《あたま》の上《うえ》を、ビュン、と風《かぜ》を切《き》る音《おと》がして、

カ――ンッ！

すぐそばの壁《かべ》に、鉄《てつ》パイプが勢《いきお》いよく当《あ》たる。

頭《あたま》をさげるのが、あと一秒遅《びょうおそ》かったら、あの鉄《てつ》パイプは、わたしの頭《あたま》を直撃《ちょくげき》していただろう。

わたしがゾッとしていると、

「よく見《み》つけましたね」

いつのまに工場《こうじょう》に入《はい》ってきたのか、真《ま》っ黒《くろ》な服《ふく》に黒《くろ》い帽子《ぼうし》をかぶった男《おとこ》が、工作機械《こうさくきかい》の陰《かげ》からあらわれた。

「お前《まえ》が仕掛《しか》けたのか？」

先輩《せんぱい》が立《た》ち上《あ》がって、男《おとこ》をにらみながら、人形《ひとがた》をビニール袋《ぶくろ》ごと握《にぎ》りしめた。

パキッ、と乾《かわ》いた音《おと》を立《た》てて、人形《ひとがた》が真《ま》っ二《ぷた》つに割《わ》れる。

黒《くろ》い男《おとこ》が暗《くら》い目《め》で先輩《せんぱい》をにらんだ。

「どうした？」

先輩《せんぱい》は挑発《ちょうはつ》するようにいった。

「呪具《じゅぐ》が壊《こわ》されたからって、お前《まえ》に呪《のろ》いが返《かえ》っていくわけじゃないんだろ？」

先輩《せんぱい》が力《ちから》を込《こ》めると、人形《ひとがた》はさらに細《こま》かく砕《くだ》かれて、袋《ふくろ》の中《なか》で粉々《こなごな》になっていった。

黒《くろ》い男《おとこ》は手近《てぢか》にあった鉄《てつ》の棒《ぼう》を拾《ひろ》うと、床《ゆか》を蹴《け》って、先輩《せんぱい》に襲《おそ》い掛《か》かった。

先輩《せんぱい》がさっきの鉄《てつ》パイプを素早《すばや》く拾《ひろ》って、振《ふ》り下《お》ろされた鉄《てつ》の棒《ぼう》を受《う》け止《と》める。

カーン、と甲高《かんだか》い音《おと》がして、先輩《せんぱい》は鉄《てつ》の棒《ぼう》をはじき返《かえ》すと、左足《ひだりあし》を引《ひ》いて、鉄《てつ》パイプを握《にぎ》る右手《みぎて》を前《まえ》に出《だ》し、半身《はんみ》で構《かま》えた。

その姿《すがた》は、まるで刀《かたな》を構《かま》えた武士《ぶし》のようだ。

「せめて、その骨壷《こつつぼ》は返《かえ》してもらえませんかね？」

男《おとこ》は長《なが》さ五十センチくらいの、別《べつ》の鉄《てつ》の棒《ぼう》を拾《ひろ》いながらいった。

「人形《ひとがた》には替《か》えがありますが、呪《のろ》いの元《もと》になるものは、手《て》に入《い》れるのが大変《たいへん》なんですよ」

なにかを言《い》おうとした先輩《せんぱい》をさえぎるようにして、わたしは思《おも》わず叫《さけ》んだ。

「そんなの、渡《わた》すわけないでしょ！」

先輩《せんぱい》に呪《のろ》いをかけるなんて許《ゆる》せない、という思《おも》いだったんだけど、いってしまってから出《で》しゃばり過《す》ぎたかな、と心配《しんぱい》になって先輩《せんぱい》を見《み》ると、

「その通《とお》りだ」

先輩《せんぱい》はそういって、にやりと笑《わら》った。

「いいんですか？」

男《おとこ》は唇《くちびる》の端《はし》を吊《つ》り上《あ》げて、

「それを渡《わた》してもらえないのなら、今《いま》から通《とお》りがかりの人《ひと》を捕《つか》まえてでも材料《ざいりょう》を準備《じゅんび》してつくることになりますが……」

といった。

それを聞《き》いて、わたしは背中《せなか》に氷《こおり》の棒《ぼう》を差《さ》し込《こ》まれたような気持《きも》ちになった。

死者《ししゃ》の念《ねん》がこもったものをつくる——それはつまり、死者《ししゃ》をつくるということだ。

わたしは無意識《むいしき》のうちに後《あと》ずさった。

足《あし》がザリザリと音《おと》を立《た》てる。

黒《くろ》い男《おとこ》の視線《しせん》が、こちらに向《む》いた。

やばい、と思《おも》う間《ま》もなく、男《おとこ》が鉄《てつ》の棒《ぼう》を振《ふ》り上《あ》げて向《む》かってきた。

四

やられる！

ぎゅっと目《め》を閉《と》じた、わたしの頭《あたま》のすぐ上《うえ》で、

カーン

金属《きんぞく》が激《はげ》しくぶつかる音《おと》がした。

おそるおそる目《め》を開《あ》けると、先輩《せんぱい》がわたしの前《まえ》に立《た》って、男《おとこ》の鉄《てつ》の棒《ぼう》を受《う》け止《と》めていた。

黒《くろ》い男《おとこ》はいったん離《はな》れると、まっすぐ振《ふ》り下《お》ろすように見《み》せかけて、野球《やきゅう》のバットのように、横《よこ》からはらってきた。

しかし、先輩《せんぱい》はそれを予想《よそう》していたのか、パイプを素早《すばや》く逆手《さかて》に持《も》ちかえて、なんなく受《う》

け止《と》める。

そして、またすぐに順手《じゅんて》に持《も》ち直《なお》すと、手首《てくび》を返《かえ》して、相手《あいて》の鉄《てつ》の棒《ぼう》をはじきとばした。

まるで流《なが》れるようなその動作《どうさ》に、思《おも》わず見《み》とれていると、

「逃《に》げろ！」

先輩《せんぱい》が黒《くろ》い男《おとこ》を牽制《けんせい》しながら叫《さけ》んだ。

わたしがここにいても、邪魔《じゃま》になるだけだ。

助《たす》けを呼《よ》びに行《い》こうと、走《はし》り出《だ》したわたしは、すぐに足《あし》を止《と》めた。

目《め》の前《まえ》に、ジャージを着《き》た男《おとこ》が二人《ふたり》、立《た》っていたのだ。

ひとりは赤《あか》、もうひとりは紺《こん》のジャージに身《み》を包《つつ》んでいる。

二人《ふたり》はぴったりと並《なら》んで、にやにやしながら、わたしの脱出経路《だっしゅつけいろ》をふさいでいた。

「先輩《せんぱい》……」

思《おも》わずもれたわたしの声《こえ》に、先輩《せんぱい》が一瞬《いっしゅん》こちらを振《ふ》り返《かえ》って、表情《ひょうじょう》を変《か》える。

そのすきに、黒《くろ》い男《おとこ》が先輩《せんぱい》に襲《おそ》い掛《か》かった。

「ぐっ！」

先輩《せんぱい》がうめき声《ごえ》をあげながら、なんとか攻撃《こうげき》を受《う》け止《と》める。

わたしはジャージの二人《ふたり》から距離《きょり》をとろうと後《あと》ずさって、がれきに足《あし》をひっかけてしまった。

「きゃっ！」

その場《ば》にしりもちをつくわたしに、ジャージの二人《ふたり》がじりじりと近《ちか》づいてくる。

二人《ふたり》をじゅうぶんに引《ひ》き付《つ》けたところで、わたしは両手《りょうて》ににぎりこんでいた大量《たいりょう》のねじを、二人《ふたり》の顔《かお》をめがけて投《な》げつけた。

「うわっ！」

いくつかが目《め》に当《あ》たったのか、顔《かお》をおさえて悲鳴《ひめい》をあげる二人《ふたり》のそばを、出口《でぐち》を目指《めざ》して全速力《ぜんそくりょく》で駆《か》け抜《ぬ》ける。

そのまま工場《こうじょう》の外《そと》に出《で》ようとしたわたしは、出口《でぐち》の手前《てまえ》で急《きゅう》ブレーキをかけた。

白《しろ》いシャツを着《き》た、さっきの二人《ふたり》よりも一回《ひとまわ》り大《おお》きな男《おとこ》が、両手《りょうて》を広《ひろ》げて立《た》ちはだかっていたのだ。

後《うし》ろを見《み》ると、ジャージの二人《ふたり》が怒《いか》りに燃《も》えた目《め》で、わたしをにらんでいる。

どちらにも逃《に》げることができず、わたしがいちかばちか、白《しろ》シャツの男《おとこ》のそばをすりぬけようと、体《からだ》を低《ひく》くしたとき、ぱんっ！

柏手《かしわで》を打《う》つような、小気味《こきみ》のいい音《おと》がして、白《しろ》シャツの男《おとこ》がとつぜん顔《かお》をゆがめながら片《かた》方《ほう》のひざをついた。

「亜希《あき》ちゃん、大丈夫《だいじょうぶ》？」

男《おとこ》の巨体《きょたい》の後《うし》ろから、静流《しずる》さんがひょっこりと顔《かお》を出《だ》す。

「遅《おそ》くなってごめんね。生徒会長《せいとかいちょう》のバイクに乗《の》せてもらってきたんだけど……」

平然《へいぜん》と会話《かいわ》をする静流《しずる》さんに、

「うおおおっ！」

白《しろ》シャツの男《おとこ》が、ほえながらつかみかかった。

その巨体《きょたい》からは想像《そうぞう》もできない素早《すばや》さだったけど、静流《しずる》さんはその腕《うで》をあっさりかいくぐって背後《はいご》に回《まわ》ると、ひざの裏《うら》に踏《ふ》みつけるような蹴《け》りを入《い》れた。

さっきの柏手《かしわで》のような音《おと》が、ふたたび工場内《こうじょうない》に響《ひび》き渡《わた》る。

その容姿《ようし》から、非力《ひりき》に見《み》られがちだけど、静流《しずる》さんは格闘技《かくとうぎ》の達人《たつじん》なのだ。

男《おとこ》はうめきながらもなんとか踏《ふ》ん張《ば》って、振《ふ》り向《む》きざまに静流《しずる》さんに殴《なぐ》り掛《か》かった。

静流《しずる》さんは、軽《かる》く上半身《じょうはんしん》をそらして、その拳《こぶし》を避《よ》けると、男《おとこ》の懐《ふところ》に入《はい》って、くるりと半《はん》回転《かいてん》した。

次《つぎ》の瞬間《しゅんかん》、ふわりと男《おとこ》の巨体《きょたい》が浮《う》いたかと思《おも》うと、

ガシャ――――ンッ！

激《はげ》しい音《おと》とともに、工作機械《こうさくきかい》の上《うえ》に、背中《せなか》から叩《たた》きつけられた。

「すごい……」

その圧倒的《あっとうてき》な攻撃力《こうげきりょく》に、わたしが呆気《あっけ》にとられていると、静流《しずる》さんはスパナを拾《ひろ》って、こちらに投《な》げてきた。

ビュンッ！

「!?」

スパナは、わたしの顔《かお》の横《よこ》すれすれを通過《つうか》すると、後《うし》ろでゴスッと鈍《にぶ》い音《おと》をあげた。

振《ふ》り返《かえ》ると、紺色《こんいろ》のジャージの男《おとこ》が、額《ひたい》にスパナの痕《あと》をつけて、ゆっくりと倒《たお》れていくと

ころだった。

「このやろう！」

残《のこ》された赤《あか》ジャージの男《おとこ》は、突進《とっしん》しようとしたところを、いつのまにか背後《はいご》に忍《しの》び寄《よ》っていた生徒会長《せいとかいちょう》さんに、足元《あしもと》をはらわれて、その場《ば》にひっくり返《かえ》った。

そのまま生徒会長《せいとかいちょう》さんが、ひざで踏《ふ》みつけて制圧《せいあつ》する。

天堂先輩《てんどうせんぱい》はと見《み》ると、黒《くろ》い男《おとこ》の手《て》をひねりあげて、床《ゆか》に組《く》み敷《し》いていた。

気《き》が抜《ぬ》けて、その場《ば》に座《すわ》り込《こ》みそうになるわたしを、

「亜希《あき》ちゃん、大丈夫《だいじょうぶ》？」

静流《しずる》さんが駆《か》け寄《よ》って、抱《だ》きとめてくれた。

夜《よる》の闇《やみ》を切《き》り裂《さ》くように、遠《とお》くからパトカーのサイレンが近《ちか》づいてきた。

5章《しょう》

幽《ゆう》霊《れい》トンネルの真《しん》相《そう》

—

次《つぎ》の日《ひ》、わたしは学校《がっこう》を休《やす》んだ。

さいわい、大《おお》きな怪我《けが》はしていなかったけど、ちょっとしたすり傷《きず》や打撲《だぼく》はあちこちにあったし、なにより、精神的《せいしんてき》な疲労《ひろう》が大《おお》きかったのだ。

あのあと、腰《こし》が抜《ぬ》けてしまったわたしは、あとから駆《か》けつけた成瀬《なるせ》さんの車《くるま》で、家《いえ》まで送《おく》ってもらった。

すすで真《ま》っ黒《くろ》になったわたしを見《み》て、父《とう》さんと母《かあ》さんはびっくりしていたけど、いっしょに来《き》てくれた天堂先輩《てんどうせんぱい》が、

「倉庫《そうこ》の掃除《そうじ》を手伝《てつだ》ってもらっていたら、積《つ》んであった段《だん》ボールが崩《くず》れてきて、さいわい怪《け》我《が》はなかったんですが、制服《せいふく》が汚《よご》れてしまいました」

と説明《せつめい》したことで、納得《なっとく》したみたいだった。

夕方《ゆうがた》になると、天堂先輩《てんどうせんぱい》と静流《しずる》さんがお見舞《みま》いに来《き》て、その後《ご》の展開《てんかい》を報告《ほうこく》してくれた。

工場跡《こうじょうあと》の男《おとこ》たちは、警察《けいさつ》が連《つ》れていって、現在成瀬《げんざいなるせ》さんの指示《しじ》のもと、取《と》り調《しら》べ中《ちゅう》らしい。

さらに、月島公園《つきしまこうえん》と源明寺《げんめいじ》の裏《うら》の池《いけ》から、人形《ひとがた》が発見《はっけん》された。

これで、四か所《しょ》すべてから、人形《ひとがた》と、亡《な》くなった人《ひと》の思《おも》いがこもったもののセットが見《み》つかったことになる。

これ以外《いがい》にも、埋《う》められている可能性《かのうせい》がないわけではないけど、いまのところ、ほかの場《ば》所《しょ》で〈探《さが》し物《もの》をしている幽霊《ゆうれい》〉が目撃《もくげき》されたという情報《じょうほう》はなかった。

黒《くろ》い男《おとこ》たちの目的《もくてき》や背後関係《はいごかんけい》については、これから調《しら》べるところだけど、おそらく天堂先《てんどうせん》輩《ぱい》に特殊《とくしゅ》な呪《のろ》いをかけて操《あやつ》ることで、地元《じもと》の有力者《ゆうりょくしゃ》である天堂家《てんどうけ》に対《たい》して何《なに》かたくらんでいたのだろう、ということだった。

「おれの家《いえ》の事情《じじょう》で迷惑《めいわく》をかけて、すまなかったな」

殊勝《しゅしょう》な態度《たいど》で頭《あたま》をさげる天堂先輩《てんどうせんぱい》に、

「どうしたんですか？」

わたしはおどろいて、目《め》を丸《まる》くした。

「なにか、とんでもない頼《たの》み事《ごと》をしようとしてます？」

わたしの言葉《ことば》に、天堂先輩《てんどうせんぱい》はおおげさに顔《かお》をしかめた。

「なんでそうなるんだ」

「日《ひ》ごろの行《おこな》いよね」

となりで静流《しずる》さんが、くすくす笑《わら》っている。

「まあ、とにかくゆっくり休《やす》め」

先輩《せんぱい》は立《た》ち上《あ》がって、わたしの勉強机《べんきょうづくえ》に水色《みずいろ》の封筒《ふうとう》を置《お》くと、

「会員割引《かいいんわりびき》は、そのままにしておいてやるよ」

といい残《のこ》し、静流《しずる》さんといっしょに帰《かえ》っていった。

「会員割引《かいいんわりびき》？」

二人《ふたり》を見送《みおく》ったあと、わたしは封筒《ふうとう》を開《あ》けて、ハッと息《いき》をのんだ。

それは、会長《かいちょう》である先輩《せんぱい》の署名《しょめい》が入《はい》って、あとはわたしの名前《なまえ》を書《か》き込《こ》むだけになった退会届《たいかいとどけ》だった。

二

翌日《よくじつ》の放課後《ほうかご》。

昨日《きのう》の退会届《たいかいとどけ》の理由《りゆう》を聞《き》こうと、北校舎《きたこうしゃ》に向《む》かったわたしは、部室《ぶしつ》に行《い》く決心《けっしん》がなかな

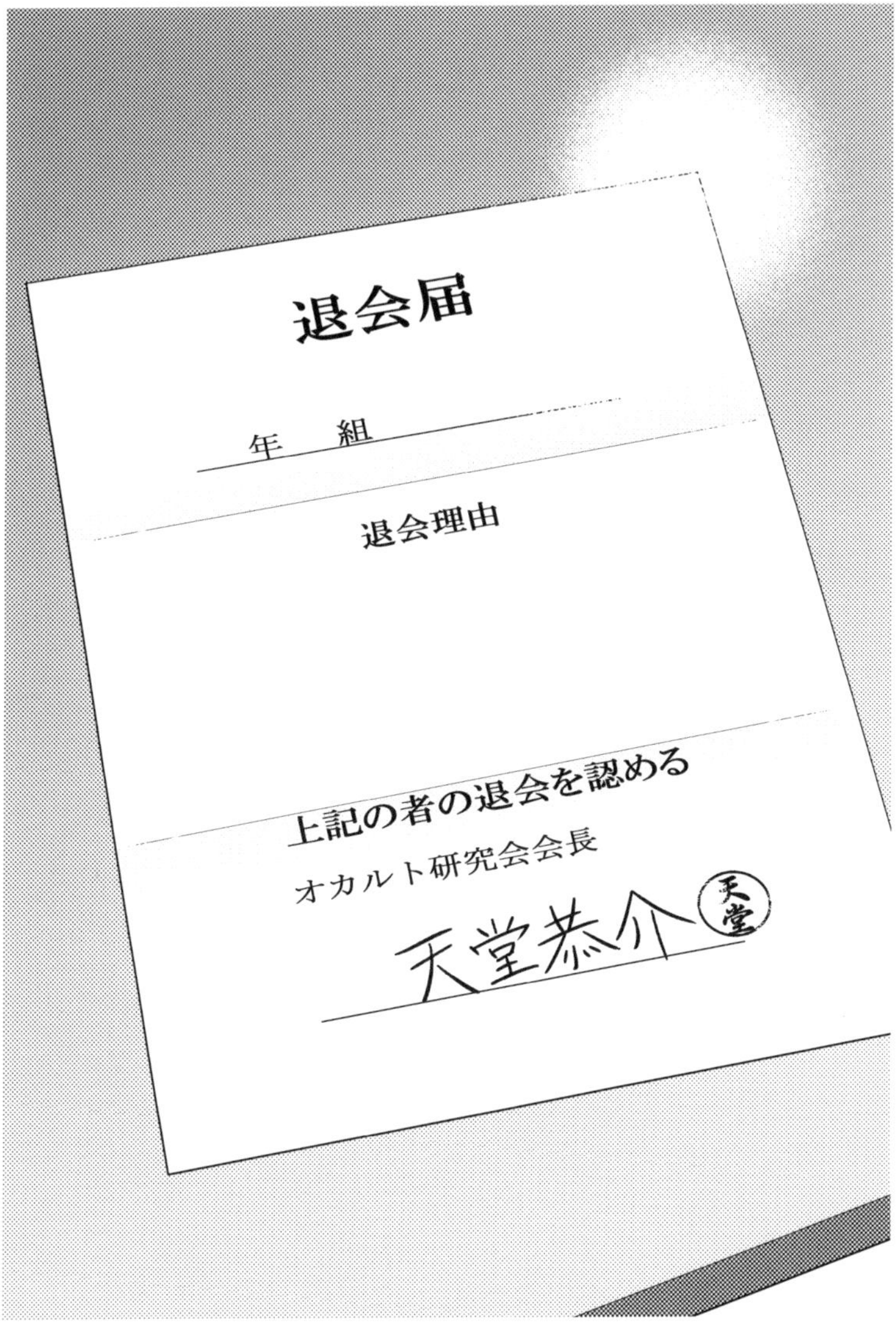
退会届
年　組
退会理由
上記の者の退会を認める
オカルト研究会会長
天堂恭介
天堂

かつかずに、三階《かい》と四階《かい》の間《あいだ》の踊《おど》り場《ば》をうろうろしていた。

「会員割引《かいいんわりびき》は、そのままにしておいてやるよ」

というのは、以前《いぜん》、幽霊《ゆうれい》にとりつかれて助《たす》けてもらったときに、「研究会《けんきゅうかい》に入会《にゅうかい》したら依頼料《らいりょう》を九割引《わりび》きにするけど、退会《たいかい》したら差額《さがく》を払《はら》ってもらうからな」、といわれたことを指《さ》しているのだろう。

それを「そのままにしておく」ということは、つまり、退会《たいかい》しても差額《さがく》を払《はら》わなくていいということだ。

こうなることを望《のぞ》んでいたはずなのに、なんだかあまり嬉《うれ》しくないな、と思《おも》っていると、

「あ、亜希《あき》ちゃん」

三階《かい》の廊下《ろうか》を通《とお》りかかった静流《しずる》さんが、わたしを見《み》つけて声《こえ》をかけてくれた。

「もう学校《がっこう》に来《き》ても大丈夫《だいじょうぶ》なの？」

「あ、はい。それで、あの……」

わたしが口《くち》ごもっていると、

「ああ、あれね」

わたしがなにをいおうとしているのかを察《さっ》して、静流《しずる》さんは苦笑《くしょう》した。

「あれは、天《てん》ちゃんも苦渋《くじゅう》の決断《けつだん》なんじゃないかな」

「そうなんですか？」

「うん。亜希《あき》ちゃんが入《はい》ってくれて、なんだかんだで喜《よろこ》んでたから」

「先輩《せんぱい》が？」

わたしは一瞬《いっしゅん》びっくりしたけど、すぐに納得《なっとく》して、

「それって、思《おも》い通《どお》りに動《うご》く労働力《ろうどうりょく》ってことですよね？」

と聞《き》いた。

「うーん……それだけじゃないんだけどね……」

静流《しずる》さんは微笑《ほほえ》んで、小首《こくび》をかしげた。

「亜希《あき》ちゃんみたいな人《ひと》って、まわりにいなかったから」

心霊《しんれい》スポットで幽霊《ゆうれい》を目撃《もくげき》する人《ひと》はいても、わたしみたいに霊感《れいかん》の強《つよ》い人《ひと》は、天堂先輩《てんどうせんぱい》の身近《みぢか》にはいなかったらしい。

「わたしや生徒会長《せいとかいちょう》は、天《てん》ちゃんの話《はなし》を理解《りかい》はするけど、まったく同《おな》じものを見《み》ているわけじゃないから」

「だったら、どうしてあんなもの……」

「だからなんじゃない？」

静流《しずる》さんは微笑《ほほえ》んだ。

「親近感《しんきんかん》があるから、余計《よけい》に危険《きけん》な目《め》にあわせたくないんだと思《おも》う」

たしかに、わたしも危険《きけん》な目《め》にはあいたくはないけど……。

「まあ、迷《まよ》ってるなら、保留《ほりゅう》にしとけばいいいんじゃないかな」

静流《しずる》さんは笑《わら》っていった。

結局《けっきょく》、部室《ぶしつ》には顔《かお》を出《だ》せないまま、わたしが教室《きょうしつ》に戻《もど》ると、

「亜希《あき》」

久理子《くりこ》が声《こえ》をかけてきた。

「足《あし》は大丈夫《だいじょうぶ》？」

「うん。来週《らいしゅう》には練習《れんしゅう》に復帰《ふっき》できると思《おも》う」

工場跡《こうじょうあと》で足《あし》をひねったせいで、今日《きょう》も陸上部《りくじょうぶ》の練習《れんしゅう》を休《やす》んでいたのだ。

「そっか。それで、こないだの話《はなし》なんだけどね……」

久理子《くりこ》は、このあと、お兄《にい》さんといっしょに島田《しまだ》さんのマンションに様子《ようす》を見《み》に行《い》くので、ついてきてくれないか、といった。

島田《しまだ》さんのマンションといえば、子《こ》どもの声《こえ》がしたり、ノックの音《おと》がした、あのマンションのことだ。

お兄《にい》さんにしてみれば、島田《しまだ》さんのことは心配《しんぱい》だけど、心霊現象《しんれいげんしょう》が起《お》こっている部屋《へや》に行《い》くのは怖《こわ》いので、専門家《せんもんか》（？）のわたしにも、いっしょに来《き》てほしいのだろう。

幽霊《ゆうれい》トンネルの事件《じけん》は子《こ》どもの霊《れい》が原因《げんいん》で、天堂先輩《てんどうせんぱい》を狙《ねら》った計画《けいかく》とは別件《べっけん》だし、もともと自分《じぶん》が引《ひ》き受《う》けた依頼《いらい》だったこともあって、オカ研《けん》には報告《ほうこく》せずについていくことにした。

お兄《にい》さんが家《いえ》の車《くるま》を運転《うんてん》していくというので、あとでマンションの前《まえ》まで迎《むか》えに来《き》てもらう約束《やくそく》をして、わたしは家《いえ》に帰《かえ》った。

制服《せいふく》から私服《しふく》に着替《きが》えて待《ま》っていると、約束《やくそく》の時間《じかん》ちょうどに、白《しろ》い車《くるま》がマンションの前《まえ》に停《と》まった。助手席《じょしゅせき》には久理子《くりこ》の姿《すがた》もある。

後部座席《こうぶざせき》に乗《の》り込《こ》んで、お兄《にい》さんに話《はなし》を聞《き》くと、島田《しまだ》さんの部屋《へや》をおとずれたサークルの人《ひと》たちは、心霊現象《しんれいげんしょう》を目撃《もくげき》して次々《つぎつぎ》と脱落《だつらく》していって、いまでも部屋《へや》に通《かよ》っているのは橋《はし》本《もと》さんだけなのだそうだ。

その橋本《はしもと》さんの話《はなし》によると、島田《しまだ》さんの部屋《へや》では相変《あいか》わらず心霊現象《しんれいげんしょう》が続《つづ》いていて、しかもひどくなっているらしい。

「どういうことですか？」

「それが……」

はじめのうちは、心霊現象《しんれいげんしょう》が起《お》きるのは車《くるま》の中《なか》やドアの前《まえ》だけだったけど、それがいまでは窓《まど》に外《そと》から白《しろ》い手形《てがた》がついていたり、部屋《へや》の中《なか》でくすくすという子《こ》どもの笑《わら》い声《ごえ》が聞《き》こえたりしているというのだ。

「その島田《しまだ》さんって、どうして部屋《へや》を出《で》ていかないの？」

わたしも疑問《ぎもん》に思《おも》っていたことを、久理子《くりこ》が聞《き》いた。

「島田先輩《しまだせんぱい》が『実家《じっか》に帰《かえ》っても、どうせついてくるだろ』って、諦《あきら》めてるらしいんだ」

お兄《にい》さんの言葉《ことば》に、わたしは内心《ないしん》でうなずいた。

たしかにこの霊《れい》は、部屋《へや》というより、人《ひと》についている気《き》がする。

そんな話《はなし》をしているうちに、車《くるま》は島田《しまだ》さんのマンションの近《ちか》くにあるコインパーキングに入《はい》っていった。

「お、橋本《はしもと》の車《くるま》があるぞ」

お兄《にい》さんがそういって、シルバーの車《くるま》のとなりに停《と》めた。

車《くるま》の後《うし》ろが垂直《すいちょく》になって、後部座席《こうぶざせき》の裏《うら》に荷物置《にもつお》きがついた、ファミリータイプの車《くるま》なので、橋本《はしもと》さんも家《いえ》の車《くるま》を借《か》りてきているのだろう。

マンションのオートロックを開《あ》けてもらって、部屋《へや》のチャイムを押《お》すと、すぐに若《わか》い男《おとこ》の人《ひと》がドアを開《あ》けた。

「おう、橋本《はしもと》」

お兄《にい》さんの台詞《せりふ》を聞《き》いて、わたしは思《おも》わず「え」と声《こえ》をあげた。

「この方《かた》が、橋本《はしもと》さんですか?」

「そうだけど……どうしたの?」

「あ、いえ……」

わたしは首《くび》を振《ふ》ってごまかした。

橋本《はしもと》さんは、そんなわたしを不思議《ふしぎ》そうに見《み》ていたけど、

「どうぞ」

そういって、わたしたちを部屋《へや》に通《とお》してくれた。

部屋《へや》に入《はい》ると、ベッドの上《うえ》でぼんやりと座《すわ》っている男《おとこ》の人《ひと》がいた。

初対面《しょたいめん》なのに、やつれていることがわかる。

あの人《ひと》が、島田《しまだ》さんだろう。

とりあえず、部屋《へや》の真《ま》ん中《なか》で輪《わ》になって、お兄《にい》さんに紹介《しょうかい》してもらう。

「こいつは妹《いもうと》の久理子《くりこ》で、この子《こ》は久理子《くりこ》の友《とも》だちの霧島《きりしま》さん」

「はじめまして」

わたしは、ていねいにお辞儀《じぎ》をした。

「霧島《きりしま》さんは、学校《がっこう》でオカルト研究会《けんきゅうかい》に入《はい》っていて、霊感《れいかん》もあるらしいんだ。だから、なにかわかるんじゃないかと思《おも》って……」

お兄《にい》さんの説明《せつめい》に、橋本《はしもと》さんはわたしを見《み》て、ちょっと困《こま》ったように微笑《ほほえ》んだ。

「ありがとう。でも、もう大丈夫《だいじょうぶ》なんだ」

橋本《はしもと》さんによると、知《し》り合《あ》いのつてで、偉《えら》いお坊《ぼう》さんを紹介《しょうかい》してもらったので、いまから島田《しまだ》さんをトンネルまで連《つ》れて行《い》って、お祓《はら》いをしてもらうのだそうだ。

「だから、いまから出《で》かけないといけないんだ。せっかく来《き》てもらったのに、悪《わる》いね」

そういって謝《あやま》る橋本《はしもと》さんに、

「あの……」

わたしは身《み》を乗《の》り出《だ》してお願《ねが》いした。

「わたしもついていっていいですか?」

「え?」

橋本《はしもと》さんが目《め》を丸《まる》くする。

わたしはさらにうったえた。

「偉《えら》いお坊《ぼう》さんが、お祓《はら》いをするんですよね? わたし、オカルト研究会《けんきゅうかい》なので、そういうのに興味《きょうみ》があって……」

「ああ、なるほどね」

橋本《はしもと》さんは眉《まゆ》をハの字《じ》にした。

「そういうことなら、連《つ》れて行《い》ってあげたいんだけど、そのお坊《ぼう》さんからは、二人《ふたり》だけで来《く》るようにいわれてるんだ」

「そうですか」

わたしは肩《かた》を落《お》として、橋本《はしもと》さんの後《うし》ろに目《め》を向《む》けた。

若《わか》い女《おんな》の幽霊《ゆうれい》が、悲《かな》しそうな顔《かお》をして、橋本《はしもと》さんの背後《はいご》にぴったりと張《は》り付《つ》くように立《た》っている。

橋本《はしもと》さんがドアを開《あ》けた瞬間《しゅんかん》から、わたしの目《め》には、彼女《かのじょ》の姿《すがた》が見《み》えていた。

だから、幽霊《ゆうれい》にとりつかれた男性《だんせい》＝島田《しまだ》さんだと思《おも》っていたわたしは、お兄《にい》さんが「橋《はし》本《もと》」と呼《よ》ぶのを聞《き》いてびっくりしたんだけど、よく考《かんが》えたら、島田《しまだ》さんにとりついているのは、子《こ》どもの霊《れい》のはずだ。

「お祓《はら》いが終《お》わったら、連絡《れんらく》するよ」

という橋本《はしもと》さんの台詞《せりふ》をきっかけに、久理子《くりこ》とお兄《にい》さんが腰《こし》をあげる。

わたしも仕方《しかた》なく、立《た》ち上《あ》がった。

橋本《はしもと》さんのそばにいる幽霊《ゆうれい》は何者《なにもの》なのか。島田《しまだ》さんにとりついているはずの、子《こ》どもの幽《ゆう》霊《れい》はどこにいったのか——。

さまざまな疑問《ぎもん》が、頭《あたま》の中《なか》でぐるぐると回《まわ》っている。

部屋《へや》を出《で》る直前《ちょくぜん》に振《ふ》り返《かえ》ると、女《おんな》の幽霊《ゆうれい》はわたしを見《み》つめて、パクパクと口《くち》を動《うご》かした。

それは、わたしの目《め》には、

「彼《かれ》を助《たす》けて」

といっているように見《み》えた。

三

久理子《くりこ》たちといっしょにマンションを出《で》ると、わたしはちょっと用事《ようじ》を思《おも》い出《だ》したからといって、二人《ふたり》に先《さき》に帰《かえ》ってもらった。

久理子《くりこ》たちの車《くるま》が見《み》えなくなると、わたしはコインパーキングに停《と》まったままの、橋本《はしもと》さんの車《くるま》に近《ちか》づいた。

後《うし》ろに回《まわ》って、はね上《あ》げるタイプのドアの取《と》っ手《て》に手《て》をかけるけど、さすがに鍵《かぎ》がかかっている。

それでも、なんとか忍《しの》びこめないかと、ほかのドアをためしていると、マンションの方《ほう》から橋本《はしもと》さんと島田《しまだ》さんが来《く》るのが見《み》えた。

ふらふらの島田《しまだ》さんを、橋本《はしもと》さんが支《ささ》えるようにして、こちらに向《む》かってくる。

わたしが車《くるま》の陰《かげ》に隠《かく》れていると、橋本《はしもと》さんは通《とお》りすがりに、リモコンキーで車《くるま》のロックをピッと解除《かいじょ》して、それから料金支払《りょうきんしはら》い機《き》に向《む》かった。

いまなら、ちょうど死角《しかく》になっている。

わたしは慎重《しんちょう》にドアを開《あ》けて、車内《しゃない》に入《はい》り込《こ》むと、ドアを閉《し》めて、後部座席《こうぶざせき》の裏側《うらがわ》にある荷物《にもつ》スペースに身《み》をひそめた。

もし見《み》つかったら、その儀式《ぎしき》に興味《きょうみ》があったからどうしても見《み》たかったのだとごまかすつもりだった。

車《くるま》が動《うご》き出《だ》すと、わたしはスマホで天堂先輩《てんどうせんぱい》に連絡《れんらく》した。

すぐに返事《へんじ》を知《し》らせるバイブがかえってきて、一瞬《いっしゅん》ドキッとしたけど、さいわい島田《しまだ》さんは助手席《じょしゅせき》に座《すわ》っていて、後部座席《こうぶざせき》には誰《だれ》もいなかったので、問題《もんだい》はなかった。

いろいろ書《か》いてあったけど、要約《ようやく》すると、

「すぐに行《い》くから、余計《よけい》なことをするな」

ということらしい。

わたしは「できるだけ、そうします」と返事《へんじ》を送《おく》って、車内《しゃない》の会話《かいわ》に耳《みみ》をすませた。

いまのところ二人《ふたり》とも無言《むごん》で、車《くるま》のエンジン音《おん》だけが響《ひび》いている。

さっきの幽霊《ゆうれい》は、姿《すがた》を消《け》していた。

もしかしたら、あの部屋《へや》から離《はな》れたら出《で》られないのかな、などと考《かんが》えていると、車《くるま》は少《すこ》しスピードを上《あ》げて、のぼり坂《ざか》にさしかかった。

そのまま、カーブの多《おお》い道《みち》を走《はし》り出《だ》す。

たぶん、旧道《きゅうどう》に入《はい》ったのだろう。

車《くるま》は十分《ぷん》ほど走《はし》ったところで、今度《こんど》はうねうねとした曲《ま》がり道《みち》をのぼりだした。

音《おと》を立《た》てないように、じっとしていると、だんだん気分《きぶん》が悪《わる》くなってくる。

そして、もう限界《げんかい》、という直前《ちょくぜん》で、ようやく車《くるま》は停《と》まった。

「着《つ》きましたよ」

という声《こえ》に続《つづ》いて、ドアを開閉《かいへい》する音《おと》がする。

そっと顔《かお》を出《だ》して、車内《しゃない》に誰《だれ》も残《のこ》っていないことを確認《かくにん》してから、わたしは外《そと》に出《で》た。

車《くるま》は幽霊《ゆうれい》トンネルの手前《てまえ》に停《と》まっていた。

二人《ふたり》はトンネルの入《い》り口《ぐち》のそばで、向《む》かい合《あ》っている。

わたしは車《くるま》の陰《かげ》に隠《かく》れて、聞《き》き耳《みみ》を立《た》てた。

「……お坊《ぼう》さんは？」

不審《ふしん》そうにたずねる島田《しまだ》さんに、

「そんな人《ひと》、来《き》ませんよ」

橋本《はしもと》さんが笑《わら》いをふくんだ声《こえ》でこたえた。

「おい、橋本《はしもと》。どういうことだよ」

島田《しまだ》さんが怒《おこ》った声《こえ》を出《だ》すけど、やつれているせいか、あまり迫力《はくりょく》がない。

「まだわからないんですか？　車《くるま》の内側《うちがわ》についていた手形《てがた》——あれは、ぼくがつけたんです」

みんなが騒《さわ》いでいるすきに、靴《くつ》についた泥《どろ》を使《つか》って、それっぽくつけたのだと告白《こくはく》する橋《はし》本《もと》さんに、

「なんでそんなこと……」

島田《しまだ》さんが呆気《あっけ》にとられている。

「ちょっと、おどかしてやりたかったんですよ」

橋本《はしもと》さんは冷《つめ》たい目《め》でこたえた。

「ぼくは、大学《だいがく》に入学《にゅうがく》したときから——いや、その前《まえ》から、島田《しまだ》さんのことを知《し》っていたんです」

ビューッと音《おと》を立《た》てて、強《つよ》い風《かぜ》がトンネルの中《なか》から吹《ふ》いてきた。

同時《どうじ》に、子《こ》どもがくすくすと笑《わら》うような声《こえ》も聞《き》こえてくる。

さっきから、誰《だれ》かが結界《けっかい》でも張《は》ってあるのかと思《おも》うくらいに、車《くるま》が通《とお》らない。

そんな中《なか》、橋本《はしもと》さんの声《こえ》だけが響《ひび》いていた。

「三年前《ねんまえ》、高校生《こうこうせい》だったあなたは、文化祭《ぶんかさい》で知《し》り合《あ》った他校《たこう》の女《おんな》の子《こ》を後《うし》ろに乗《の》せて、この峠《とうげ》で事故《じこ》を起《お》こした。あなたは軽傷《けいしょう》ですんだけど、女《おんな》の子《こ》は重傷《じゅうしょう》を負《お》った。そうですよね？」

「なんでそれを――」

「彼女《かのじょ》は、ぼくの大切《たいせつ》な幼馴染《おさななじみ》だったんです」

その言葉《ことば》に、島田《しまだ》さんが絶句《ぜっく》した。

車《くるま》の陰《かげ》で話《はなし》を聞《き》いていたわたしも、おどろきのあまり、もう少《すこ》しで声《こえ》をあげるところだった。

事故《じこ》というのは、この間《あいだ》、トンネルに来《き》たときに、成瀬《なるせ》さんが話《はな》していた事故《じこ》のことだろう。

だけど、あの事故《じこ》では、後部座席《こうぶざせき》の女《おんな》の子《こ》は大怪我《おおけが》はしたものの、一命《いちめい》はとりとめたはずだ。

それじゃあ、さっきの幽霊《ゆうれい》は……。

わたしは橋本《はしもと》さんの独白《どくはく》に、耳《みみ》をかたむけた。

橋本《はしもと》さんによると、当時高校《とうじこうこう》一年生《ねんせい》だった幼馴染《おさななじみ》の女《おんな》の子《こ》は、知《し》り合《あ》ったばかりの島田《しまだ》さんに、半《なか》ば強引《ごういん》にツーリングに連《つ》れていかれて、事故《じこ》にあったらしい。

そのことを、橋本《はしもと》さんは女《おんな》の子《こ》のご両親《りょうしん》から聞《き》いていた。

「彼女《かのじょ》はあの事故《じこ》が原因《げんいん》で、子《こ》どもの頃《ころ》から十年以上続《ねんいじょうつづ》けてきたクラシックバレエの夢《ゆめ》が、絶《た》たれてしまいました。それからは、ほとんど部屋《へや》にひきこもるような生活《せいかつ》が続《つづ》いて……」

それでも、家族《かぞく》や橋本《はしもと》さんの支《ささ》えもあって、少《すこ》しずつ元気《げんき》を取《と》り戻《もど》していたんだけど、去《きょ》年《ねん》の冬《ふゆ》、悪性《あくせい》の感染症《かんせんしょう》にかかってしまい、一気《いっき》に病状《びょうじょう》が悪化《あっか》して、あっという間《ま》に帰《かえ》らぬ人《ひと》となった。

「長《なが》い間《あいだ》ひきこもっていたことで、体力《たいりょく》が落《お》ちていたのも原因《げんいん》のひとつです」

橋本《はしもと》さんは憎《にく》しみのこもった目《め》で、島田《しまだ》さんをにらみながらいった。

その後《ご》、入学《にゅうがく》してから、同《おな》じ大学《だいがく》に島田《しまだ》さんがいることに気《き》づいた橋本《はしもと》さんは、復讐《ふくしゅう》の機《き》会《かい》を狙《ねら》うため、同《おな》じサークルに入《はい》った。

そして、飲《の》み会《かい》でこのトンネルに向《む》かうという話《はなし》をしているのを聞《き》いて、参加《さんか》したのだった。

「それじゃあ、部屋《へや》で聞《き》こえた子《こ》どもの声《こえ》や手形《てがた》はなんだったんだよ」

島田《しまだ》さんが、混乱《こんらん》した様子《ようす》でいった。

わたしも同《おな》じことを考《かんが》えていた。

どうして彼女《かのじょ》の幽霊《ゆうれい》ではなく、子《こ》どもの霊《れい》が島田《しまだ》さんを襲《おそ》っていたのだろうか。

「ある人《ひと》に、いいものをもらったんです」

橋本《はしもと》さんはポケットから、白《しろ》い小《ちい》さな筒《つつ》のようなものを出《だ》した。

それを見《み》て、わたしは目《め》を疑《うたが》った。

それは、工場跡《こうじょうあと》に埋《う》まっていたのと同《おな》じ骨壺《こつつぼ》だったのだ。

「これは、子《こ》どもの骨《ほね》に呪《のろ》いをかけたものです」

そういって橋本《はしもと》さんはおどろくべき話《はなし》を始《はじ》めた。

トンネルから帰《かえ》った日《ひ》のこと。

家《いえ》に入《はい》ろうとした橋本《はしもと》さんを、黒《くろ》い帽子《ぼうし》をかぶった男《おとこ》が呼《よ》びとめた。

男《おとこ》はなぜか、橋本《はしもと》さんのことや、幼馴染《おさななじみ》の女《おんな》の子《こ》のことを知《し》っていて、憎《にく》い相手《あいて》に呪《のろ》いをかける道具《どうぐ》として、この骨壺《こつつぼ》を渡《わた》していった。

橋本《はしもと》さんは、その男《おとこ》のアドバイス通《どお》り、忘《わす》れ物《もの》をしたという口実《こうじつ》で島田《しまだ》さんをたずねると、車《くるま》と玄関先《げんかんさき》にこっそりと骨《ほね》を砕《くだ》いた粉《こな》をまいた。玄関《げんかん》には、オートロックを解除《かいじょ》されて建物《たてもの》の中《なか》に入《はい》ったときに、こっそり部屋《へや》の前《まえ》まで来《き》て、まいたらしい。

そして、島田《しまだ》さんがサークルの人《ひと》たちに助《たす》けを求《もと》めたときには、堂々《どうどう》とあがりこんで、部《へ》屋《や》のあちこちに骨《ほね》の粉《こな》をばらまいたのだ。

呆然《ぼうぜん》と立《た》ち尽《つ》くす島田《しまだ》さんの前《まえ》で、橋本《はしもと》さんはどこからか、木《き》でできた人形《ひとがた》を取《と》り出《だ》した。

それは、踏切《ふみきり》のそばや工場跡《こうじょうあと》に埋《う》められていたのと、同《おな》じ人形《ひとがた》だった。

「おかげで、あなたに呪《のろ》いをかけることができた。あとは、この場所《ばしょ》で、この人形《ひとがた》の首《くび》を折《お》れば……あなたは……お前《まえ》は……ここで地縛霊《じばくれい》となって、われわれのために……」

話《はな》している途中《とちゅう》から、橋本《はしもと》さんの様子《ようす》が明《あき》らかにおかしくなってきた。

まるで、橋本《はしもと》さんこそ、なにかにとりつかれているみたいだ。

島田《しまだ》さんは金縛《かなしば》りにあったようにかたまっている。

橋本《はしもと》さんは、左手《ひだりて》で人形《ひとがた》の胴体《どうたい》を持《も》って、右手《みぎて》の指《ゆび》で頭《あたま》をつまんだ。

あのまま、首《くび》を折《お》るつもりだろう。

思《おも》い切《き》って飛《と》び出《だ》そうかと迷《まよ》っていると、わたしの中《なか》に、誰《だれ》かの気持《きも》ちが入《はい》り込《こ》んできた。

それは、とても辛《つら》く、悲《かな》しい気持《きも》ちだった。

わたしは、自分《じぶん》の体《からだ》が車《くるま》の陰《かげ》から勝手《かって》に飛《と》び出《だ》して、橋本《はしもと》さんの前《まえ》に立《た》つのを、どこか遠《とお》くにいるような意識《いしき》で眺《なが》めていた。

「待《ま》って!」

とつぜんあらわれたわたしの姿《すがた》に、橋本《はしもと》さんはギョッとしたように目《め》を丸《まる》くした。

「きみはさっきの……」

「もうやめて」

わたしの口《くち》から、わたしのものではない声《こえ》が出《で》た。

「その声《こえ》……まさか……」

橋本《はしもと》さんが、信《しん》じられないものを見《み》るような目《め》でわたしを見《み》つめる。

わたしにとりついているのは、橋本《はしもと》さんの幼馴染《おさななじみ》の女《おんな》の子《こ》の霊《れい》だった。

彼女《かのじょ》は、橋本《はしもと》さんのことが心配《しんぱい》で、ずっと橋本《はしもと》さんのそばにいたのだ。

だけど、霊《れい》である自分《じぶん》には、橋本《はしもと》さんを止《と》めることができない。

だから、霊感《れいかん》があってとりつきやすいわたしにとりつこうとした。

彼女《かのじょ》の力《ちから》は弱々《よわよわ》しかったので、もしかしたら、抵抗《ていこう》することもできたのかもしれない。

だけど、わたしは抵抗《ていこう》しなかった。

自分《じぶん》からすすんで、彼女《かのじょ》に自分《じぶん》の体《からだ》を貸《か》したのだ。

「お願《ねが》い、もうやめて」

彼女《かのじょ》は懸命《けんめい》にうったえた。

「わたしのせいで、誰《だれ》かを呪《のろ》うなんて……」

「でも、ぼくにはもう、これ以外《いがい》にできることがないんだ」

橋本《はしもと》さんが言葉《ことば》を絞《しぼ》り出《だ》す。

わたしの体《からだ》は、大《おお》きく首《くび》を振《ふ》った。

そして、優《やさ》しく微笑《ほほえ》んで、

「ありがとう」

といった。

「でも、もうじゅうぶんにしてもらってる。わたしは、わたしのことを覚《おぼ》えてくれているだけで、すごく嬉《うれ》しいの。それに、このままだと――」

とつぜん、フッと彼女《かのじょ》の意識《いしき》が消《き》える感覚《かんかく》があった。

生《い》きている人間《にんげん》にとりつくには、かなりの体力《たいりょく》（？）がいるのだろう。

わたしは自分《じぶん》の言葉《ことば》で、彼女《かのじょ》の台詞《せりふ》の続《つづ》きを口《くち》にした。

「このままだと、あなたまで呪《のろ》われますよ」

四

橋本《はしもと》さんが虚《きょ》を突《つ》かれたような顔《かお》をしたとき、

「え？」


プッ、プッ、プ――――ッ！


クラクションを鳴《な》らしながら、見覚《みおぼ》えのあるピンクの車《くるま》が走《はし》ってきた。

成瀬《なるせ》さんだ。

わたしの目《め》の前《まえ》で急《きゅう》ブレーキをかけて停《と》まるのと同時《どうじ》に、天堂先輩《てんどうせんぱい》が飛《と》び出《だ》してくる。

そして、ひとめで状況《じょうきょう》を理解《りかい》すると、

「それを使《つか》ったら、お前《まえ》も死《し》ぬぞ」

橋本《はしもと》さんに向《む》かっていった。

「おれはいいんだ」

橋本《はしもと》さんの言葉《ことば》に、

「よくありません」

わたしは反論《はんろん》した。

「彼女《かのじょ》が悲《かな》しみます」

橋本《はしもと》さんは、一瞬《いっしゅん》、ぐっと唇《くちびる》を噛《か》むような仕草《しぐさ》を見《み》せた。

だけど、人形《ひとがた》の首《くび》にかけた指《ゆび》は離《はな》さない。

「おい」

先輩《せんぱい》がわたしの耳元《みみもと》で、小声《こごえ》でいった。

「おれがあいつの気《き》をそらすから、そのすきに、あの人形《ひとがた》を奪《うば》ってこい。いいか？　絶対《ぜったい》に壊《こわ》すなよ」

わたしが小《ちい》さくうなずくと、先輩《せんぱい》は橋本《はしもと》さんではなく、島田《しまだ》さんの方《ほう》に近《ちか》づいていった。

橋本《はしもと》さんの警戒《けいかい》が、わずかにゆるむ。

島田《しまだ》さんは、目《め》の前《まえ》で起《お》きていることが理解《りかい》できていない様子《ようす》で、ぽかんと口《くち》を開《あ》けたまま案山子《かかし》のように立《た》ち尽《つ》くしていた。

先輩《せんぱい》は、島田《しまだ》さんのそばに立《た》つと、

「おい、お前《まえ》ら」

トンネルの入《い》り口《ぐち》に向《む》かって、話《はな》しかけた。

「このお兄《にい》ちゃんが、遊《あそ》んでくれるってさ」

先輩《せんぱい》がそういったとたん、山《やま》の上《うえ》から風《かぜ》が吹《ふ》き下《お》ろしてきて、ザーーーッと木々《きぎ》が揺《ゆ》れた。

その音《おと》に混《ま》ざるようにして、子《こ》どもたちの笑《わら》い声《ごえ》が聞《き》こえてきたかと思《おも》うと、

「ほんと？」「遊《あそ》んで」「なにして遊《あそ》ぶ？」「遊《あそ》ぼうよ」「おにごっこ？」「かくれんぼ？」「遊《あそ》んで」「お手玉《てだま》がいい」「遊《あそ》ぼ」「もーいーかい」「いっしょに」「遊《あそ》ぼう」「みんなで」「遊《あそ》ぼう」「遊《あそ》ぼう」「遊《あそ》ぼう」「遊《あそ》んで」「遊《あそ》ぼう」

無数《むすう》のささやくような子《こ》どもの声《こえ》が、風《かぜ》に乗《の》って、トンネルからいっせいに迫《せま》ってきた。

島田《しまだ》さんの目《め》がさらに大《おお》きく開《ひら》かれて、橋本《はしもと》さんがおびえたように一歩後《ぼあと》ずさる。

名越第二

その瞬間《しゅんかん》、わたしはスタートダッシュの要領《ようりょう》で、思《おも》い切《き》り地面《じめん》を蹴《け》って、低《ひく》い姿勢《しせい》で駆《か》け抜《ぬ》けた。

そして、橋本《はしもと》さんがわたしに気《き》づくのと同時《どうじ》に、体当《たいあ》たりして、ひるんだところで人形《ひとがた》を奪《うば》い取《と》った。

同時《どうじ》に、すぐ後《うし》ろから追《お》いかけてきた成瀬《なるせ》さんが、橋本《はしもと》さんを組《く》み伏《ふ》せる。

「はあ……はあ……はあ……」

わたしがとつぜんの全力《ぜんりょく》ダッシュに、ひざに手《て》を置《お》いて息《いき》を整《ととの》えていると、

「おい」

先輩《せんぱい》がねぎらいの言葉《ことば》もなく、さっと手《て》の平《ひら》を突《つ》き出《だ》してきた。

わたしが人形《ひとがた》を渡《わた》すと、先輩《せんぱい》はそれを紫色《むらさきいろ》の巾着袋《きんちゃくぶくろ》に入《い》れた。

それから、大《おお》きく息《いき》を吸《す》って、

「お前《まえ》はなにをやってるんだ！」

と怒鳴《どな》った。

「幽霊《ゆうれい》トンネルの調査《ちょうさ》です。オカルト研究会《けんきゅうかい》ですから」

わたしは胸《むね》を張《は》ってこたえた。

「退会《たいかい》したんじゃないのか」

「まだ退会届《たいかいとどけ》は出《だ》してません」

いい返《かえ》すわたしに、先輩《せんぱい》はあきらめたように、ふっと肩《かた》の力《ちから》を抜《ぬ》くと、

「まあ、無事《ぶじ》でよかった」

ホッとしたように微笑《ほほえ》んで、わたしの頭《あたま》をくしゃっとなでた。

「先輩《せんぱい》……」

やっぱり先輩《せんぱい》も心配《しんぱい》してくれてたんだな、と感動《かんどう》するわたしに、先輩《せんぱい》は冷《つめ》たい声《こえ》でいった。

「研究会《けんきゅうかい》の活動《かつどう》で怪我《けが》でもされたら、会長《かいちょう》の責任問題《せきにんもんだい》だからな。怪我《けが》がなくて、本当《ほんとう》によかったよ」

エピローグ

翌日《よくじつ》の放課後《ほうかご》。

わたしは〈オカルト研究会《けんきゅうかい》〉とプレートの貼《は》られたドアの前《まえ》で、大《おお》きく深呼吸《しんこきゅう》をした。

そして、ノックをしようと手《て》を振《ふ》り上《あ》げたとき、

「なにしてるんだ。さっさと入《はい》れ」

中《なか》から無愛想《ぶあいそう》な声《こえ》が飛《と》んできた。

まるで、ドア越《ご》しにこちらが見《み》えているみたいだ。

部室《ぶしつ》に入《はい》ると、天堂先輩《てんどうせんぱい》が奥《おく》の席《せき》で、相変《あいか》わらず不機嫌《ふきげん》そうにスマホをいじっていた。

わたしが、先輩《せんぱい》から一番離《いちばんはな》れた椅子《いす》に座《すわ》ると、

「おい」

先輩《せんぱい》はわたしを手招《てまね》きして、自分《じぶん》の近《ちか》くに、チャック付《つ》きのビニール袋《ぶくろ》を置《お》いた。

仕方《しかた》なく、わたしが近《ちか》づいて、ビニール袋《ぶくろ》の中《なか》をたしかめると、案《あん》の定《じょう》、この間橋本《あいだはしもと》さんが手《て》にしていた人形《ひとがた》が入《はい》っていた。

「まあ、座《すわ》れ」

といわれて、結局《けっきょく》一番《いちばん》近《ちか》い椅子《いす》に腰《こし》をおろしたわたしに、先輩《せんぱい》はその後《ご》のことを話《はな》してくれた。

この人形《ひとがた》は、実《じつ》は二枚重《まいがさ》ねになっていて、それぞれ内側《うちがわ》に、島田《しまだ》さんと橋本《はしもと》さんの名前《なまえ》が書《か》かれていたそうだ。

つまり、もし橋本《はしもと》さんが人形《ひとがた》の首《くび》を折《お》っていたら、島田《しまだ》さんだけではなく、橋本《はしもと》さんもただではすまなかったということになる。

先輩《せんぱい》によると、橋本《はしもと》さんがやろうとしていたことは、「呪《のろ》いをかけた人間《にんげん》が、誰《だれ》かを呪《のろ》い殺《ころ》すと同時《どうじ》に、自分《じぶん》の命《いのち》を絶《た》つことで、より強力《きょうりょく》な呪《のろ》いを誰《だれ》かに向《む》ける」という呪《のろ》いらしい。

要《よう》するに、月島公園《つきしまこうえん》や踏切《ふみきり》に仕掛《しか》けられた呪《のろ》いの、何倍《なんばい》も強力《きょうりょく》な呪《のろ》いを発生《はっせい》させるための儀式《ぎしき》だった、というわけだ。

「おそらく、これがあいつらの切《き》り札《ふだ》だったんだろうな」

先輩《せんぱい》は不敵《ふてき》な笑《え》みを浮《う》かべながらいった。

「どういうことですか?」

「四か所《しょ》の仕掛《しか》けだけでは、弱《よわ》すぎて気《き》づかなかったといっただろう。どうやら、あのトンネルとおれが住《す》んでいるマンションは、ちょうど霊道《れいどう》に沿《そ》っているらしい」

霊道《れいどう》というのは、霊《れい》が通《とお》りやすい道《みち》のことだ。

「四か所《しょ》の仕掛《しか》けに加《くわ》えて、あの男《おとこ》を媒体《ばいたい》にした呪《のろ》いを、霊道《れいどう》を使《つか》っておれに向《む》けることで、呪術《じゅじゅつ》を完成《かんせい》させせようとしたんだろうが……まあ、どっちにしても、あの程度《ていど》の呪術《じゅじゅつ》では、おれに届《とど》くことはないな」

先輩《せんぱい》は涼《すず》しい顔《かお》で言《い》い切《き》った。

「それじゃあ、もしあそこで橋本《はしもと》さんが、人形《ひとがた》の首《くび》を折《お》っていたら……」

「二人《ふたり》とも、死《し》んでいただろうな」

先輩《せんぱい》の言葉《ことば》に、わたしはあらためてゾッとした。

橋本《はしもと》さんも、島田《しまだ》さんを憎《にく》んではいたけど、殺《ころ》そうとまでは思《おも》っていなかったみたいで、どうしてあそこまで呪《のろ》い殺《ころ》すことにこだわったのか、自分《じぶん》でもよく覚《おぼ》えていない、と成瀬《なるせ》さんに話《はな》しているそうだ。

「たぶん、あいつらにいいように操《あやつ》られていたんだろう」

そういってため息《いき》をつく先輩《せんぱい》に、

「あの……」

わたしはおずおずと切《き》り出《だ》した。

「このたびは、ご心配《しんぱい》とご迷惑《めいわく》をおかけしまして……」

「まったくだ」

後輩《こうはい》の健気《けなげ》な謝罪《しゃざい》を、先輩《せんぱい》はばっさりと断《た》ち切《き》った。

だけど、ここで引《ひ》くわけにはいかない。

わたしが続《つづ》けて口《くち》を開《ひら》こうとしたとき、

「退会届《たいかいとどけ》は持《も》ってきたか？」

先輩《せんぱい》はそういって、わたしをじろりとにらんだ。

「あ、はい」

反射的《はんしゃてき》にうなずいて、カバンから退会届《たいかいとどけ》を取《と》り出《だ》す。

「かしてみろ」

先輩《せんぱい》にいわれて、わたしは名前《なまえ》を書《か》いていない退会届《たいかいとどけ》を渡《わた》した。

オカルト研究会《けんきゅうかい》に入《はい》ってから、怖《こわ》い目《め》にはあうし、会長《かいちょう》は無愛想《ぶあいそう》だけど、それでもわたしは、どういうわけか、この研究会《けんきゅうかい》をやめる気《き》になれなかった。

だから今日《きょう》は、この研究会《けんきゅうかい》にいられるよう、お願《ねが》いするつもりで来《き》たんだけど——。

ビリ……ビリビリ……。

わたしの目《め》の前《まえ》で、先輩《せんぱい》は自分《じぶん》の署名《しょめい》が入《はい》った退会届《たいかいとどけ》を、細《こま》かく引《ひ》き裂《さ》いた。

そして、くしゃくしゃに丸《まる》めてゴミ箱《ばこ》に放《ほう》り投《な》げると、

「お前《まえ》みたいに霊感《れいかん》の強《つよ》いやつは、野放《のばな》しにしておくと危《あぶ》ないからな。もうしばらく、うちで面倒《めんどう》を見《み》てやるよ」

そういって、またスマホの画面《がめん》に目《め》を落《お》とした。

いつもと同《おな》じ無愛想《ぶあいそう》な台詞《せりふ》だったけど、わたしはなんとなく懐《なつ》かしさを感《かん》じながら、

「よろしくお願《ねが》いします」

と笑顔《えがお》でこたえた。


この物語《ものがたり》はフィクションです。

著　緑川聖司（みどりかわ・せいじ）
小説家。大阪府出身。
代表作に「本の怪談シリーズ」「七不思議神社シリーズ」、『世にも奇妙な物語 ドラマノベライズ』などがある。

絵　水輿ゆい（みなこし・ゆい）
イラストレーター。
書籍、キャラクターデザイン、カードイラストなど多方面で活躍中。

装　　丁　川谷デザイン
校　　閲　深谷麻衣、浅田夏海（朝日新聞総合サービス 出版校閲部）
編集デスク　竹内良介
編　　集　大宮耕一

ナゾノベル

オカルト研《けん》究《きゅう》会《かい》シリーズ2

オカルト研《けん》究《きゅう》会《かい》と幽《ゆう》霊《れい》トンネル

2024年2月28日 第1刷発行

著者 緑川聖司
絵 水輿ゆい
発行者 片桐圭子
発行所 朝日新聞出版
〒104-8011 東京都中央区築地5-3-2
電話 03-5541-8833(編集)
03-5540-7793(販売)
印刷所 大日本印刷株式会社

ISBN 978-4-02-332324-7
定価はカバーに表示してあります。
落丁・乱丁の場合は弊社業務部(03-5540-7800)へご連絡ください。
送料弊社負担にてお取り替えいたします。

OCCULT RESEARCH

SOCIETY AND

GHOST IN THE TUNNEL

OCCULT RESEARCH
SOCIETY AND
GHOST IN THE TUNNEL